KB269529

사랑의 기초

연인들

Foundation of Love * A Couple's Story

사랑의 기초

연인들

정이현 장편소설

문학동네

사랑, 하면 우리는 두 가지를 기대한다. 피와 드라마, 눈물로 가득한 처절한 비극이거나 혹은 두 연인이 '영원히 행복하게 잘 살았다'는 해피엔딩의 익숙한 약속처럼 아름다운 것이길 바란다.

하지만 정이현은 어느 한쪽의 상투적 결말을 선택하기엔 매우 영리하고 흥미진진한 작가다. 평범한 남녀의 흔해빠진 사랑 이야기는 그녀의 손을 거쳐 생명을 얻어 그 생생함으로 우리 마음에 잔잔한 슬픔의 물결을 불러일으킨다. 또한 『사랑의 기초_연인들』에는 기적 같은 경제성장을 일궈낸 한국 근대사의 양단면과 더불어 사랑의 고통이 가슴 아프게 묘사되어 있다.

모든 뛰어난 작가들이 그러하듯, 정이현은 신문 같은 데에선 찾아볼 수 없는 이야기를 들려준다. 그리고 소설 속 주인공들에게 공감하고 이해하는 동안, 우리 자신에 대해서도 더 잘 알게 된다. 인간의 마음 아래 숨겨진 진실을 찾아내는 정이

현의 목소리는 대담하고 독창적이다.

무엇보다 나는 정이현의 작품을 통해 한국을 조금 더 알게 되어 기쁘다. 우리 두 사람은 몇 달 전 서울에서 만나 반가운 시간을 갖기도 했다. 각자 개성 강한 소설가들이 함께하는 공동 프로젝트라는 힘든 과제를 즐겁고 유쾌하게 해낼 수 있었던 것은 모두 그녀가 보여준 고귀한 인내심과 믿음 덕분이다.

2012년 봄 런던에서

알랭 드 보통

사랑이 뭐야? 누군가 물은 적이 있다. 느낌표라고 대답했다. 꼿꼿하게 허리를 곧추세운! 두 해 전 일이다. 지금 같은 질문을 받는다면 그렇게 답하지는 않을 것이다.

2012년 봄. 사랑을 위한 문장부호로 나는 느낌표 대신 말줄임표를 고르겠다. 지난 이 년 동안 내 마음은 어디론가 천천히 이동했다. 그 길 위에서 이 소설을 썼다.

소설 쓰기란 애초부터 공동작업이 불가능하다고 판명된 일이다. 역설적으로, 어쩌면 바로 그런 이유로 나와 알랭 드 보통의 작업이 이루어질 수 있었다. 우리 사이에는 깍듯한 거리가 있었다. 우리는 하나의 세계를 온전히 창조해내는 작가로서 서로의 영역을 존중했으며, 불필요한 간섭을 하지 않았고, 예의를 지키기 위해 노력했다. 사랑을 말하는 상대의 목소리, 그 높낮이와 파동에 조심스레 귀기울였다. 수십 통의 편지가 오갔고, 서울에 사는 한 쌍의 연인과 런던에 사는 한 쌍의 부부 이야기가 차츰 완성되어갔다.

　하여, 내가 사랑에 대해 조금쯤 더 알게 되었는가. 그럴지도
모른다. 하지만 사랑에 관한 한, 그런 건 별로 중요하지 않다.
　사랑은 오로지 '하는' 것이기 때문이다.
　나는 더 깊이 사랑할 것이다.

2012년 봄 서울에서

정이현

차례

“저녁 여섯시가 다가오고 있었다”

“저녁 여섯시가 다가오고 있었다”

돌연한 시작

언제나 처음이 있다. 불가항력적으로 모든 사건의 맨 앞에 도사린, 얼떨결에 뜯어버린 1월 달력 같은 시작의 예감들.

준호와 민아는 각각의 방식으로 그날을 기억했다.

준호의 기억은 셔츠에서 출발했다. 여자를 처음 만나는 자리에 어떤 옷을 입고 나가는가 하는 문제는 한 남자의 세계관을 우회적으로, 그러나 선명히 드러낸다. 준호는 패셔너블한 스타일을 예민하게 지향하는 편은 아니었지만 그렇다고 서른 살 남성의 평균에 비해 둔감한 편도 아니었다. 하지만 직장에서는 조금 달랐다. 그가 일하는 곳은 직원이 서른 명 남짓한 웹에이전시였다. 비교적 자유로운 복장으로 근무할 수 있었지만, 쌀쌀한 날씨에 야근이라도 할라치면 남자 직원들은 작년 야유회 때 단체로 맞춘 군청색 후드 티셔츠를 교복처럼 뒤집어쓰곤 했다. 물론 의무사항은 아니었으나 여러 사람들이 편하다는 이유로 그렇게 했고 준호도 별다른 자의식 없이, 어쩌면 혼자만 다르게 보이고 싶지 않다는 이유로 선배들을 따라 했다. 그 몰개성의 티셔츠를 입고 있을 때면 회사가 원했을 소속감보다는 무기력에 가까운 감정이 준호의 육신을 지배했다.

그의 옷장에 걸린 옷들은 가짓수가 많지 않았으며 무채색 톤이 대부분이었다. 이상한 일은 아니었다. 회색이라고 명명된 색깔도 종류가 다양하다는 것이 준호에게는 더 이상한 일로 여겨졌다. 개중 밝은 색감의 옷은 거의 다 예전 여자친구들이 고르거나 선물해준 것이었다. 준호는 몇 개의 셔츠들을 눈으로 훑다가 그 사실을 깨달았다. 연한 하늘색 바탕에 흰색의 가느다란 스트라이프가 들어간 셔츠는 재작년에 헤어진 마지막 여자친구가 사주었다.

데이트 내내 어쩐 일인지 계속 뾰로통해 있던 여자는 헤어질 때가 돼서야 종일 팔에 걸고 다니던 종이 쇼핑백에서 네모난 상자를 꺼내 불쑥 내밀었다. 만난 지 이백 일을 기념하는 선물이라고 했다.

"날짜 깜빡한 건 그렇다 쳐. 하지만 거기 뭐가 들었느냐고, 무겁지는 않으냐고 어떻게 한마디도 안 물어볼 수가 있어?"

그는 당혹스러웠다. 백 일도 아니고 이백 일이라니. 그런 날까지 챙겨야 한다는 언질을 해준 적도 없으면서 화를 내는 여자친구를 이해할 수가 없었다. 그러나 그는 솔직한 감정을 숨긴 채 우선 사과부터 했다. 분명히 기억하고 있었는데 요 며칠 정신이 없다보니 잊어버리고 말았다는 것을 진심 어린 뉘앙스로 전달하려 노력했다. 괜히 말꼬리를 잡혀 피곤한 싸움에 휘말리고 싶지 않다면 대부분의 남자가 여자친구에게 으레 그렇게 할 터였다.

여자는 커다란 은전을 베푼다는 듯 그를 용서해주었다. 서츠의 앞섶을 만지작거리다보니 그날 느꼈던 낭패감과 피로가, 그리고 그녀와 보냈던 모든 시간들이 급작스레 몰려오는 기분이었다. 그는 돌연 두려워졌다.

약속 시간인 저녁 여섯시까지는 세 시간 남짓 남아 있었다. 이제 와서 취소하는 것이 가능할까. 자리를 마련해준 후배 녀석을 곤란하게 하는, 실례되는 일일 것이다. 그는 이런 식의 무례를 저지르는 데에 익숙하지 않았다. 애초에 여자를 소개해주겠다는 뜬금없는 제안을 수락하는 게 아니었다. 그는 자신이 얼마나 바보 같은 일을 하려 들고 있었는지에 대해 화가 났다.

오늘 만나게 될 여자는 그보다 두 살 어리다고 했다. 서울 경기 지역에 거주하는 그보다 두 살 어린 미혼 여성은 몇 명이나 될까. 수십만 명에 이를 터였다. 수십만의 여자 중에서 무작위로 고른 한 명이라니. 세상에. 그 단 한 명의 여자와 사랑에 빠지기를 기대하다니!

사실 조금만 생각해보면 애인을 사귀려는 목적으로 전혀 모르는 낯선 사람을 소개받는다는 것이 얼마나 우습고 괴상한 일인지 알 수 있다. 차라리 지하철 같은 칸에 탄 아가씨와 사귀게 되는 일이 쉬울 것 같았다. 아니, 우연히 한입 베어 문 맥도날드 햄버거에서 죽은 생쥐의 꼬리털이 발견되어 수억 원의 보상금을 타는 일이 지금은 더 현실적으로 느껴졌다. 아아, 어리석은 희망이여. 그는 자책했다.

그러므로 준호가 빈약한 옷장 속에서 예전 애인들이 선물한 옷들을 외면하기로 결정한 것은 순정한 윤리 감각의 발로에서가 아니었다. 그는 과거의 상징물을 통하여, 현재의 판단이 얼마나 어리석은지 그리고 미래가 얼마나 걷잡을 수 없이 불안한지를 공연히 확인하고 싶지 않았다. 집안 거울로는 깨끗해 보이던 흰 셔츠 앞자락에 싯누렇게 바랜 얼룩이 묻어 있음을 발견한 건 지하철 안에서였다. 언제 생겼는지 알 길 없는 얼룩은 갓 태어난 아기 엉덩이의 몽고반점처럼 둥글넓적했다.

그는 목적지인 2호선 홍대입구역을 지나쳐 신촌역에서 내렸다. 준호가 혼자 백화점에 들르는 일은 일 년에 한 번이나 될까 말까였다. 오늘이 그날이었다. 그는 현대백화점의 남성 캐주얼 매장으로 갔다. 판매원이 권유하는 대로 진한 녹색의 카디건을 샀다. 그 자리에서 가격표를 떼고 셔츠 위에 덧입었다. 단추를 잠그니 얼룩진 자리가 간신히 가려졌다. 그렇게 그는 예기치 못한 얼룩을 숨겼다. 새 옷의 소맷부리에서는 오래전 화학약품에 담갔다 꺼낸 것 같은 희미한 냄새가 났다. 이른 4월, 토요일 늦은 오후의 하늘이 알듯 모를 듯 천천히 저물어가고 있었다. 저녁 여섯시가 다가오고 있었다.

그날에 대한 민아의 기억은 샴푸에서 출발했다. 저녁 외출을 위해 머리를 감으려고 했다. 머리칼을 따뜻한 물로 적신 다음 습관적으로 샴푸의 펌프 손잡이를 누르고 나서야 샴푸가 다 떨어졌음을 알았다. 빈 플라스틱 용기 겉면에는 그녀의 체모가 아닌 것이 분명한 짧고 굵은 머리칼 한 올이 젖은 채 달라붙어 있었다. 이 작은 사건은 그녀 자신이 아직도 가족과 함께 살고 있다는 사실을 뚜렷이 자각하게 만들었다. 물에 젖은 머리칼을 수건으로 마구 비벼 말리며 그녀는 미간을 찌푸렸다.

삼십 년 가까이 행정공무원으로 일해온 민아의 아버지는 정년퇴임을 이 년여 남겨놓고 있었다. 교육공무원인 어머니의 남은 재임 기간 역시 그보다 조금 여유로울 뿐이었다. 그녀의 부모는 그 사실을 맏딸의 결혼적령기가 그만큼 코앞으로 닥쳤다는 말과 동의어로 받아들이는 것 같았다. 현직에 있을 때 자식 혼사를 한 건이라도 치러두어야 한다는 것은 이 나라 부모들이 금과옥조로 여기는 불문율이었다. 부모로부터 이 문제와 관련한 노골적인 채근을 들을 때마다 민아는 대꾸할 말을 찾지 못했다. 부모가 생각하는 결혼과 그녀가 생각하는 결혼은 아예 서로 뜻이 다른 단어인지도 몰랐다.

그녀에게 결혼이란 '개인적인' 욕실을 갖게 되는 것이었다. 칫솔모가 한껏 벌어진 낡은 칫솔들이 식구 수대로 꽂혀 있는 공간, 치약 거품 튄 뿌연 거울이 걸려 있는 공간, 타인의 대변 찌꺼기가 말라붙은 변기에 앉아 생리대를 갈아야 하는 공간으로부터 벗어나는 것이었다. 그녀가 좋아하는 달콤한 바닐라 향의 샴푸를 오로지 혼자 사용할 수 있게 되는 것, 내킬 때면 언제나 거품 입욕제를 푼 욕조에 들어앉아 책을 읽을 수 있게 되는 것이었다. 그런 상상을 할 때면 이상하게도 남편이라는 존재는 투명인간처럼 그 실체가 떠오르지 않았다.

평소 같으면 급한 대로 빈 용기에 물을 부어 바닥에 조금 남은 샴푸를 희석해 사용했겠지만, 그녀는 그러지 않기로 했다. 오늘은 중요한 약속이 있는 날이었다. 집 근처 헤어숍으로 걸어가면서 오늘 같은 날엔 이 정도 작은 사치는 부려도 괜찮다고 스스로를 북돋웠다.

낯익은 중년의 여자 미용사가 그녀의 머리칼을 만지작거리며 말했다.

"이렇게 치렁하게 늘어뜨리는 것보다 귀밑에서 잘라주면 훨씬 세련되고 어려 보일 텐데."

민아는 대학 시절 이래로 어깨선에서 찰랑이는 긴 머리칼을 고수하고 있었다. 아랫단에 웨이브를 넣었다 풀었다 작은 변화를 주어왔을 뿐이다.

"나중에요."

미용사가 상냥한 표정을 가장하며 웃었다.

"어머, 안 그래 보이는데 은근히 보수적이시다."

순간 그녀는 발끈했다. 이 여자의 섣부른 판단이 틀렸음을 입증하기 위해 쇼트커트로 자르고 싶어졌다. 그러나 민아는 마치 미용사의 말이 귀에 들리지 않았다는 듯 어떤 대꾸도 하지 않음으로써 간신히 자존심을 세웠을 뿐이다. 미용사가 머리끝에 컬을 넣으면서 슬그머니 화제를 바꾸었다.

"오늘은 어디 좋은 데 가시나봐요?"

이런 질문에 소개팅하러 간다고 대답하는 여자도 있을까.

"글쎄요."

그녀는 어물거리며 대답했다.

"데이트?"

"네. 비슷한 거."

미용사가 작게 한숨을 내쉬었다.

"아휴, 좋을 때다. 근데 젊은 아가씨들은 잘 모르겠지만 착한 남자가 최고예요. 언뜻 봐서는 별 매력 없더라도 알수록 진국인 남자, 딱 한 여자밖에 모르는 남자. 요즘 아가씨들 겉으론 똑똑한 거 같아도 그 당연한 걸 잘 놓치더라고요."

민아는 아직 만나지 않은, 몇 시간 뒤에 처음 만나게 될 한 남자를 떠올렸다. 민아도 얼마 전, 이 여자와 같은 말을 한 적이 있다. 고등학교 동창들이 모이는 술자리에 오랜만에 나갔다가 각자의 이상형 이야기가 나왔을 때였다. 한 여자 동창이 손가락까지 꼽아가며 아주 구체적인 요건들을 읊기 시작했다. 첫째, 키가 최소한 178센티미터는 넘어야 하고 둘째, 나보다는 좋은 대학을 나와야 하고 셋째, 양친의 사랑을 듬뿍 받고 자란 안정된 가정 출신이었으면 해. 그 말을 듣는 남자들 모두가 지루한 표정을 짓거나 빈정대고 싶은 욕구를 참는 기색이 역력했다. 같은 질문을 받은 민아가 "나는 그냥 착한 사람이면 돼"라는 모범답안을 던진 건 남녀로 갈려 어색해져버린 분위기를 무마하고 싶었기 때문이었다.

"정말 그거면 돼? 다른 건 없고?"

한 남자 동창이 정색을 하고 물었다.

"글쎄, 남의 얘기 잘 들어주는 사람? 부드러운 성격에 나랑 취향이 비슷하면 더 좋겠지. 음악도 좋아하고 서점 가는 것도 좋아하고."

"어, 딱 생각나는 형이 있는데!"

그가 그렇게 말했을 때만 해도 정말로 소개팅이 성사될 줄은 몰랐다. 다음날 동창은 사진 한 장이 첨부된 문자메시지를 보내왔다. 젊은 남자 셋이 웃고 있는 사진이었다. '제일 왼쪽'이 라는 설명과 함께였다. 뭐가 그리 유쾌한지 잇몸이 드러나도록 활짝 웃는 다른 두 명과 달리, 맨 왼쪽의 남자는 보일 듯 말듯 한 미소를 머금고 있었다. 안경 너머 반달 모양의 기름한 눈 매, 그리고 비스듬히 아래로 내리깐 시선이 인상적이었다. 그 것은 그 남자가 세상사에 어느 정도 초연하리라는, 아니면 적 어도 매사에 안달복달하는 성격의 소유자는 아니리라는 느낌 을 주었다.

미용사가 서비스라며 눈썹을 손질해주겠다고 했다. 전문가 가 그려준 눈썹은 그녀가 평소 그리는 것보다 산이 지나치게 높았고 색깔도 진했다. 거울 속에서 꼭 화성에 불시착한 펭귄 한 마리가 웃고 있는 것 같다고 민아는 생각했다.

약속 장소인 카페 겸 레스토랑은 이층짜리 단독주택을 개 조해 만든 곳이었다. 자그마한 정원을 지나 유리 출입문을 밀 고 들어섰다. 그녀가 약속 장소에 도착한 건 십오 분 전이었 다. 남자와 처음 만날 때 웬만하면 조금 이른 시간에 도착해 미리 자리에 앉아 있곤 했다. 언젠가 커피숍에 들어서는 그녀 의 전신을 빠르게 훑어내리는 상대방의 시선에 기분이 상한 뒤로는 줄곧 그렇게 해왔다. 이런 자리에 늦게 온 사람은 순간 적으로 미안하다는 느낌을 가지게 마련이고, 그것은 부지불식

간에 상대적인 권력의 우위를 빼앗긴다는 것을 의미했다. 일층에 앉아야 하나 이층 계단을 올라야 하나 망설이고 있을 때 흰색 블라우스를 입은 웨이트리스가 다가왔다.

"죄송합니다, 손님. 지금은 빈 좌석이 없습니다."

웨이트리스가 입구에 놓인 나무 벤치를 가리켰다.

"웨이팅 리스트에 올려드릴까요? 아니면……"

미처 예상하지 못한 상황이었다. 민아는 하는 수 없이 그녀가 가리킨 의자에 어정쩡하게 엉덩이를 붙였다. 잠시 후, 유리문이 열리고 누군가 실내로 들어섰다. 선명한 초록색 카디건이 먼저 눈에 들어왔다. 남자는 사진보다 여위어 보였고 어쩐지 추워 보였다. 그것이 민아의 머릿속에 각인된 준호의 첫인상이었다.

“인생을 뒤바꿀 일은 쉽게 일어나지 않았다”

이름의 기원

　민아가 태어난 1984년은 대한민국 헌정사상 특별한 해로 기록될 것 같지는 않다. 사 년 전 탱크를 앞세워 수도 서울을 점령하고 전국에 계엄령을 선포했던 일군의 군인들이 여전히 막강한 권력을 휘두르고 있었고, 시민들은 투쟁하거나 체념하거나 프로야구가 생중계되는 컬러텔레비전 앞으로 도망쳤다. 일상의 저녁 밥상을 위해 된장찌개나 김치찌개를 끓이는 것은 십 년 전과 다를 바 없었지만, 아이들 생일에 나이와 같은 개수의 촛불을 밝힌 케이크를 나누어 먹는 풍경 같은 것은 점점 흔해져갈 무렵이었다.

　그해 초봄, 그녀의 어머니 이순미는 아이를 가졌다는 사실을 알았다. 생애 두번째 임신이었다. 첫번째 임신은 결혼 전, 아직 그녀가 대학 졸업반이었을 때였고 성별 모를 태아는 잉태 십 주 만에 명동 뒷골목의 허름한 산부인과에서 낙태되었다. 마취에서 깨어난 여자친구의 손을 꼭 붙들고서 당시 애인이던, 후에 그녀의 남편이 된 남자 박기태가 눈물을 흘렸다. 그때 그녀는 이 남자와 헤어질 수 없으리란 것을 알았다. 이십대 초반의 이순미에게는 한 남자의 아이를 지운 경험을 품고 또다른 남자를 찾아 나설 만한 용기가 없었다. 분명코 그것은 용기의 문제였다. 1980년 전후 동아시아 미혼 여성들의 보편적인 윤리 감각을 거스를 용기 말이다.

제도의 공식적 인준 아래 한 침대를 공유할 자격을 가지게 되는 것을 연애의 성공이라 부를 수 있다면, 그로부터 약 삼 년 뒤 그 젊은 연인은 승리의 월계관을 썼다. 스스로를 승리자라 칭하기엔 어쩐지 민망할 만큼 지루하고 오랜 연애 기간을 보낸 뒤였다. 그사이 남자는 공무원 시험에 합격하였고 빠듯하지만 그럭저럭 한 가계를 꾸려갈 수 있을 정도의 봉급생활자가 되어 있었다.

새신랑이 가진 것은 막 개발이 시작된 변두리 언덕배기의 조그만 전셋집 하나, 생활능력이 전무한 홀어머니와 아직 대학을 마치지 않은 동생 둘, 그리고 장남으로서의 무거운 책임감이었다. 새신부가 당시 여자로서 드물게 안정된 직장인 초등학교 교사직을 그만둘 수 없다는 결론은 자명했다. 직업을 가진 기혼 여성은 세간에서 가련하다는 시선을 받기 일쑤인 시대였다. 이럴 수도 저럴 수도 없었던 이순미는 이윽고 자신의 선택에 정당성을 덧입히는 방법을 찾아냈다. 자신이 직업에 대해 가진 사명감과, 이제는 여자도 평생직장을 가져야 당당히 자립할 수 있다는 논리를 대내외적으로 적극 표방하기로 결심한 것이다. "방학도 있고 선생님들은 좋겠네요"라고 누군가 별뜻 없는 덕담을 건네기라도 하면 손사래를 치며 "저는 그래서 이 길을 택한 게 아니고요, 우리나라 교육이 이젠 정말 아래에서부터 달라져야 하기 때문에"로 시작하는 긴 사설을 늘어놓아 분위기를 뜨악하게 만들었다.

남편의 식구들과 한집에서 살아가는 나날들은 그녀가 막연히 상상하던 결혼생활과 여러모로 달랐다. 집안은 자주 찾아오는 시어머니의 친척들로 버글거렸으며 원래도 과묵하던 애인은 남편으로 지위가 바뀌자 말수가 더욱 줄어들었다. 남편은 날씨 좋은 휴일에도 온종일 좁다란 거실에서 제 어머니와 동생들 사이에 껴 앉아 텔레비전을 보았다. 그가 큰소리로 웃을 때라곤 응원하는 야구팀이 승리를 거두었을 때와 코미디 프로그램을 볼 때뿐이었다. 순미는 자연스럽게 세상의 모든 프로야구 선수들과 코미디언들을 미워하게 되었다. 밤이 깊어 부부의 잠자리에 누워야 남편은 비로소 가까이 다가왔다. 그는 아내와의 섹스를 남자들이 혼자 있을 때 사타구니 속에 쓱 손을 집어넣는 습관과 별반 다르지 않게 생각하는 것 같았다. 신음 소리가 방 밖으로 새어나가지 않도록 애쓰면서 그녀는 남편과 몸을 섞었다.

천천히 배가 불러왔다. 육 개월이 넘어서면서 뱃속의 아이는 톡톡 발길질을 시작했다. 국가의 승인을 받은 태아였으나 출산휴가는 만삭이 다 되도록 사용할 수 없었다. 아침 출근길이면 시어머니와 시동생들이 아직 잠들어 있는 집을 빠져나와

버스를 탔다. 만원버스 안에서는 아기의 움직임이 더욱 거셌다. 낙타 무덤처럼 부풀어오른 배를 한 손으로 감싸쥐고 다른 손으로 버스 손잡이에 매달려 이리저리 흔들리다보면 두 발이 바닥으로 쑥 꺼져버릴 것만 같았다. 세상의 모든 프로야구 선수들과 코미디언들과 버스 기사들에 대한 미움은 이미 증오로 변해버렸다.

겨울방학을 앞둔 12월의 차고 맑은 날, 버스정류장에서 양수가 터졌다. 밤새 쌓인 흰 눈 위로 시뻘건 액체가 뚝뚝 떨어졌다. 열 달을 준비해왔는데도 지금 제 몸에서 일어나고 있는 일을 믿을 수 없었다. 이순미는 눈 위로 천천히 스며드는 핏물을 내려다보다가 만원버스 대신 택시를 잡아타고 병원으로 갔다. 꼬박 하루의 진통 끝에 아기가 태어났다. 딸이었다. 스물네 시간 동안 함께 사투를 벌이고 간신히 마주한 갓난아이의 검은 눈동자를 보자 울음이 터져나왔다. 밑도 끝도 없는 긴 울음이었다. 미역국을 먹으면서도 아기에게 젖을 물리면서도 그녀는 계속 울었다. 남편의 친척들은 "산모가 참 유난도 하네"라며 혀를 찼다. 산후우울증이라는 병명이 아직 대중화되기 전이었다. 그 언제인가처럼 박기태가 아내의 손을 잡고 다독여보았지만 달라지는 것은 없었다.

시어머니가 손녀의 이름을 지어왔다. '박민희'였다. 유순하고 성실한 맏딸로 자랄 이름이라고 했다. 시어머니는 장안에서 둘째가라면 서러울 정도로 유명한 작명가에게 큰돈을 주었다며 생색을 냈다. 이순미는 그 돈이 결국 자기 월급에서 나온 거나 마찬가지라거나 무의미한 지출이라거나 하는 불평은 입 밖으로 내지 않았다. 다만 동사무소에 가서 출생신고를 할 때 마지막 한 글자를 다르게 썼다. 어쩔 수 없이 남편의 성인 '박'을 붙여야 했지만 만약 안 그래도 되었다면 그녀는 기꺼이 머릿속에 떠오르는 아무 성이나 가져다가 어린 딸의 이름 앞에 붙였을 거였다.

"엄마, 내 이름은 무슨 뜻이야?"

한국인의 이름은 대개 한자어 두 개의 조합으로 이루어져 있으며 그 한자어의 조합들은 각각 고유한 의미를 가진다는 사실을 알게 된, 초등학생 민아가 물었다. 이순미는 자신 없는 목소리로 "글쎄다"라고 운을 뗐다.

"총명하고 아름답다는 뜻? 아무튼 참 좋은 뜻이야"

자식에게 좋지 않은 의미의 이름을 지어주는 부모는 없다. 민아는 순순히 고개를 끄덕였다. 사실 그 이름은 그럭저럭 현대적이면서도, 예쁘장한 소녀에게 어울리는 어감이었다. 그 또래의 여자아이들 사이에서 좀 평범한 이름을 가졌다는 것은 결정적인 단점이 아니었다. 남들과 판이하게 다르면 필연적으로 이목을 끌기 마련이니까. 독특한 이름—예를 들어 '기쁨'이라든지 '으뜸'이라든지—으로 타인의 관심을 받기엔 여러모로 평범한 소녀였으므로 더욱 그랬다.

박민아 어린이는 유달리 키가 크지도, 체중이 적게 나가지도 않았고, 남달리 빼어나거나 흉측한 이목구비로 행인들의 눈길을 잡아끌지도 않았다. 이름의 한자 풀이처럼 뛰어나게 유순하고 성실하지도, 뛰어나게 총명하고 아름답지도 않았지만 부모를 낙담시킬 만한 큰 문제도 일으키지 않았다. 그만하면 충분했다. 민아는 1980년대의 부모가 맏딸에게 갖는 여러 가지 기대치를 그럭저럭 만족시키는 소녀로 보였다. 그녀의 이름이 무엇이었대도 그 아이의 타고난 본성은 별다르지 않았을 것이다. 이름이란 결국 그런 것인지도 몰랐다.

그의 이름은 퍽 흔했다. 1982년에 대한민국에서 출생신고를 한 남자아이들의 이름 중에서 많은 걸로 치면 최소한 다섯 번째 안에는 들 거라고 준호는 이따금 생각했다. 더구나 그의 성은 한국에서 두번째로 흔한 '이'였다.

초등학생일 때나 고등학생일 때나 그와 같은 이름을 가진 급우가 한 반에 하나쯤 더 있는 것은 별로 이상한 일도 아니었다. 교사나 친구 들은 각기 다른 이준호들을 '큰 이준호' '작은 이준호'라고 구분해 부르곤 했다. 그들은 그런 식의 호명이 몹시 편리하고 재미있기까지 하다고 믿는 눈치였다. 적어도 공부 잘하는 이준호, 공부 못하는 이준호로 나누는 것보다 훨씬 덜 차별적이라고 자부했을 수도 있다. 성장기 동안 줄곧 또래의 신장 평균치보다 조금 작은 편이었던 그의 이름 앞에는 번번이 '작은'이 붙었다.

"이 문제는, 그래, 작은 이준호가 풀어봐라."

준호는 그럴 때마다 "네"라고 커다란 목소리로 대답해야 했다. 그러지 않으면 대번에 "사내자식이 패기가 없어!" 같은 종류의 비난이 날아온다는 것을 잘 알고 있었다. 그는 작은 이준호라고 불리는 것에 대해 특별히 반감을 품고 있지는 않았다. 그는 근본적으로 '작은'이라는 수식어에 익숙한 사람이었다. 준호의 부모는 그가 이 세상에 태어난 순간부터, 양수에 퉁퉁 불은 눈을 가느다랗게 뜨고서 흐릿한 사방을 가만히 둘러보던 바로 그 순간부터, 그를 '작은아들'이라고 불렀으니 말이다.

그의 어머니 송혜자는 둘째 아이로 딸을 원했다.

"애 가졌을 땐 예쁜 머리핀이나 리본 머리띠 같은 게 그렇게 눈에 들어오는 거야. 마침 태몽도 참새가 품으로 날아드는 꿈이었으니 딱 속았지 뭐."

안방에 동네 아줌마들과 둘러앉은 엄마가 백 번도 더 들은 것 같은 이야기를 또다시 재방송하기 시작할 때면 어린 준호는 엄마 무릎에 더욱 깊이 고개를 파묻고만 싶었다. 엄마가 원하던 딸로 태어나지 않은 것이 꼭 자기 잘못인 것만 같았다.

"그래도 다행이야. 애는 즈이 형이랑은 다르다니까. 사내놈이라도 얼마나 곰살맞은데."

준호는 참았던 숨을 내쉬었다. 엄마가 뜨고 있던 것은 병아리털처럼 샛노란 빛깔의 카디건이었다. 앞섶을 따라 반짝이는 금빛 단추를 조르르 달고서 인천 앞바다에 정박된 큰 배의 컨테이너 한 귀퉁이에 실릴 물건이었다. 라벨에 'Made In Korea'와 'Handmade'라는 영문 글자를 새긴 채 세계 여러 나라로 떠나가게 될 터였다. 준호가 아직 모르는 먼 나라들이었다.

결혼한 뒤로 송혜자는 끊임없이 일을 했다. 처자식을 위한 생활비를 벌어오기엔 남편이 너무나도 공사다망했던 까닭이다. 그녀의 남편 이종필과는 부모가 주선한 맞선으로 만난 사이였다. 보름달처럼 둥근 얼굴에 바지런한 성정의 쌀집 큰딸은 근방에서 제법 인기 좋은 신붓감이었다. 그녀가 다른 구애자들을 뿌리치고 남편을 선택한 이유는 그가 '도시 남자'였기 때문이다. 그는 서울에 터를 잡고 취직해 회사에 다니고 있다고 했다. 두번째 만나던 날 이종필은 그녀를 위해 명동의 유명한 제과점에서 사왔다며 리본이 묶인 상자를 내밀었다. 리본을 풀고 상자를 열어보았다. 엄지손가락 반만한 크기의 과자들이 줄 맞춰 담겨 있었다. 연한 갈색으로 구워진 과자 하나를 집어 입에 넣었다. 혀끝에 닿는 보들보들한 이 감촉을 그녀는 평생 잊지 못하리라 직감했다. 우유와 버터와 생크림이 포근하게 뒤섞인 맛. 5월 하늘의 뭉게구름 같은 맛. 이게 바로 도시의 맛이라고 송혜자는 생각했다.

서울에 대한 그녀의 환상이 깨지는 데는 그리 오랜 시간이 필요하지 않았다. 신혼살림을 시작한 곳은 명동에서 버스를 두 번 갈아타고 가야 하는 변두리 동네의 방 한 칸이었다. 심지어 그곳의 행정구역상 명칭은 서울이 아니라 경기도였다. 하나뿐인 창문을 열면 근처 밭에 뿌려진 두엄 냄새가 방안 가득 들어찼다. 남편은 제가 하는 일에 대해 속 시원히 설명해주지 않았다. 말해도 모를 거라고 했다. 윤나게 닦은 검정 구두에 흙이라도 묻힐세라 조심조심 동네 어귀를 빠져나가는 남편의 뒷모습을 혜자는 아침마다 기막힌 심정으로 바라보았다. 그렇게 나간 남편은 통금 사이렌이 불기 직전에 들어오는 일이 잦았고 아예 돌아오지 않는 날도 있었다.

그녀는 현실적이고 적응이 빠른 여자였다. 우선 동네 교회에 새 신도로 등록했고, 그곳에서 여자들을 사귀어 형님 아우하며 잘 지냈다. 함께 모여 뜨개질이나 단추 달기 같은 부업을 했고, 큼지막한 양푼에 감자와 호박을 숭덩숭덩 썰어 넣고 칼국수나 수제비를 끓여 나눠 먹기도 했다. 그녀가 바지런히 몸을 놀려 이런저런 부업을 한 덕분에 조금씩 저축도 늘려갈 수 있었다.

첫아이의 성별이 아들인 데 대한 남편의 반응은 '당연하다'였다.

"그럼 누구 새낀데, 달 건 달고 나와야지."

누가 봐도 아빠와 똑같이 생긴 아이였다. 그때부터였을 것이다. 혜자가 은밀한 소원을 품게 된 것은. 그녀는 새벽 기도회에 꼬박꼬박 참석하여 다음번 아기는 절대로 남편을 닮지 않게 해달라고 빌었다. 남편을 닮지 않은 딸! 남편을 떠나겠다거나, 아이를 더 낳지 않겠다거나, 하다못해 남편 아닌 남자의 아이를 임신하겠다는 쪽으로는 머리가 돌아가지 않았다.

둘째가 그녀가 간절히 바라던 딸이 아니라 또다시 아들임을 알았을 때 잠시 신을 원망했다. 그러나 하느님은 역시 전지전능하신 분이었다. 작은 녀석은 모든 면에서 큰놈과는 달랐다. 큰애는 자랄수록 외모뿐 아니라 성격도 제 아버지를 빼닮아 매사에 건성건성이었고 틈만 나면 밖에 나가 뛰어놀기를 좋아했지만 작은애는 그렇지 않았다. 얼마나 착하고 여린 본성을 가진 아기인지 업어보면 알 수 있었다. 저를 등에 업은 엄마가 힘들까봐 본능적으로 엄마 목을 꼭 끌어안아 체중의 부피를 줄여주는 아기였다.

"얘는 하는 짓이 딱 계집애 같네."

아이를 본 사람들은 말했다.

"걱정 없겠어. 든든한 큰아들 있지, 이렇게 사근사근한 작은아들 있지."

"우리 천사. 너 없으면 엄마가 어떻게 사니."

엄마가 소곤거리면 작은 생명체는 정말 아기 천사라도 된 것처럼 덩달아 그 보드라운 입술을 옴짝거렸다. 그러나 아기는 여간해서 엄마를 독차지할 수 없었다. 아우를 본 뒤 급격히 과격해진 큰아이 때문이었다. 엄마가 동생을 안아 젖을 물리려 할 때마다 형은 자지러질 듯 울었다. 첫아이를 울다 지쳐 죽게 할 수도 없고, 둘째를 굶겨 죽일 수도 없었기에 송혜자는 차선책으로 분유를 구입했다. 없는 살림에 적잖은 출혈이었지만 어쩔 수가 없었다. 뚝뚝 떨어지는 젖을 억지로 말리고 아기의 입에 인공 젖병을 물렸다. 처음 몇 번은 힘없이 도리질을 치더니 아기는 곧 가짜 젖꼭지를 쭉쭉 빨기 시작했다. 역시 순한 아이였다. 분유 깡통에 큼지막하게 실린 우량아만큼은 아니었지만 아기는 매일매일 조금씩 자라났다.

이름은 시골에 있는 친할아버지가 지어 보냈다. 그에게는 이미 아홉 명의 손자가 있었고, 모두 이름 가운데에 '준'이라는 글자가 들어 있었다. 할아버지는 고민에 빠졌다. 새로 태어난 아기는 막내아들의 둘째아들이었으므로 웬만한 이름은 다 선점되어 있었기 때문이다. 이준영, 이준식, 이준기, 이준태, 이준수…… 고만고만한 이름들을 하나하나 헤아려보다가 당연히 있는 줄 알았던 '준호'가 빠진 걸 깨닫고서 안도의 한숨을 내쉬었다.

아이의 이름은 어떤 사촌과도 겹치지 않는 이준호가 되었다. 아홉 명의 형제들과 이름 세 글자 중 두 글자가 똑같았다. 이렇게 해서 준호는 부계 혈통의 일원임을 증명하는 것 외에는 큰 의미가 없는 이름을 부여받게 되었다.

두 아이

민아는 할머니 손에서 자랐다. 민아의 시력이 세상의 빛과 어두움, 사물의 형체와 빛깔을 어슴푸레하게 구별하기 시작할 무렵부터 곁에는 항상 할머니가 있었다. 자주 배앓이를 하는 손녀의 배꼽을 한없이 둥글게 쓸어내리던 그 납작하고 거칠거칠한 손바닥. 그 손바닥은 영원히 그 자리에 있을 것만 같았다.

밤이 되면 할머니는 깨끗하게 빤 걸레로 방바닥을 훔치곤, 도톰하고 널찍한 순면 요를 깔았다. 가운데에 할머니가 누웠고 왼쪽은 남동생 민준, 오른쪽이 민아의 자리였다. 할머니는 공평하게 천장을 보고 누워서 양손으로 두 손주의 가슴팍을 토닥였다. 잘 자라 우리 아가 앞뜰과 뒷동산에 새들도 아가 양도 다들 자는데. 박자가 맞지 않는 자장가를 들으면 스르르 잠이 왔다. 아침이면 채 눈을 뜨기도 전에 냄새가 먼저 와락 다가왔다. 흰쌀이 익어 밥이 되어가는 냄새, 된장 푼 쌀뜨물을 뚝배기에서 끓이는 냄새, 볶은 채소를 간장에 졸이는 냄새. 할머니의 냄새였다.

아침상은 소박했다. 파란 콩이 뜨문뜨문 박혀 있는 흰밥, 애호박과 당근을 넣은 물 많은 계란찜, 시원하고 풋내 나는 물김치, 들기름을 발라 바싹 구운 김, 꽈리고추를 넣은 멸치볶음 같은 것들. 할머니는 구운 생선을 손가락으로 헤집어 속살을 발라냈다. 민아는 제비 새끼처럼 입술을 벌려 그것을 받아먹었다. 유치원에 지각하지 않는 것보다 밥 한 숟갈 더 먹는 것이 훨씬 중요하다는 게 할머니의 지론이었다. 할머니의 밥상에서 민아는 서툰 젓가락질로 물김치 속 얄따란 무 조각을 건져내어 아삭아삭 씹었다. 할머니와 함께하는 생활은 느렸고 그 안온한 속도만큼 평화로웠다.

한 집안에 피를 나누지 않은 두 명의 성인 여자가 공존한다는 것이 얼마나 어렵고 복잡한 일인지를 민아는 일찌감치 알았다. 트라이앵글의 가운데 꼭짓점에 무엇이 있는지는 어쩌면 별로 중요하지 않았다. 할머니와 엄마가 처음에 양쪽 꼭짓점에서 대치하게 된 이유는 아버지 때문이었겠지만 시간이 흐르면서 그의 존재감은 사라졌다.

그녀들의 공통점은, 상대가 자신의 진심을 일부러 곡해하고 있다고 믿는 거였다. 둘 다 자기의 솔직한 감정에 대해서는 인정하려들지 않았다. 한집에서 공동체의 운명으로 묶여 살아가야 한다는 자체만으로 힘에 겨우며, 그 힘겨움을 조금이라도 줄이기 위해 상대방과 저절로 거리를 둬버리게 된다는 진심 말이다.

둘은 겉으로 자주 격돌하지는 않았다. 반복되는 일상의 힘이었다. 엄마는 밖의 일로, 할머니는 집안의 일로 각자 바쁘다는 것이 위태로운 완충지대 역할을 해주었다. 폭발은 일 년에 한두 차례씩 부정기적으로 있었다. 민아로서는 이유를 알 수 없는 사소한 지점에서 점화된 불꽃은 곧 세간을 모조리 태울 기세로 활활 타올랐다. 가해와 피해의 구분과 범위가 애매모호할 경우에 늘 그렇듯이, 결국 누가 먼저 피해자 역할을 선점하는지가 승패의 관건이었다. 그들은 공평하게 번갈아가며 기꺼이 피해자의 자리를 차지했다.

싸움은 격렬했으며 동시에 고요하고 냉랭했다. 전투중에 할머니와 엄마는 서로가 유령인 것처럼 행동했다. 할머니는 뻔히 방에 있는 줄 알면서도 저녁상에 며느리의 수저를 놓지 않았고, 엄마는 뻔히 다들 저녁을 먹는 줄 알면서도 방 밖으로 나와보지 않았다. 언제나 방관자인 아빠는 헛기침도 없이 밥 한 그릇을 다 비웠으며 할머니는 어린 손자의 밥숟갈 위에 장조림을 쪽쪽 찢어 올려놓았다. 민아는 밥을 조금 깨작이다 그만두었다. 배가 아프다는 핑계를 대고 나니 정말로 배가 사르르 아파왔다. 엄마 방에 들어가보고 싶었지만 할머니가 마음에 걸려 그럴 수가 없었다. 민아는 굳게 닫힌 엄마 방 문을 지나 화장실로 갔다. 만화책도 없이 변기 위에 오래오래 앉아 있었다.

두 사람이 이렇게 극이 같은 자석처럼 사력을 다해 서로를 밀어낼 때면 민아는 어떻게 해야 좋을지 몰랐다. 빈집에 갇혀 제 몸 위로 서서히 물이 차오르는 것을 바라봐야 하는 것과 비슷했다. 허리, 가슴, 어깨…… 아직은 가까스로 견딜 수 있지만 물은 곧 턱밑까지 차오를 것이다. 그리고 입술과 코를 넘어 눈썹까지 출렁이겠지. 얼마 지나지 않아 임계점을 넘어버리리라는 예감. 그 아슬아슬한 불안감이 민아의 유년기를 지배했다.

일곱살 무렵의 어느 날, 엄마가 저녁이 깊도록 돌아오지 않았다. 부쩍 길어진 초여름 해도 이미 저물었다. 전에 없던 일이었다. 민아는 마당에 쪼그리고 앉아 엄마를 기다렸다. 쪼그려 앉은 다리가 저려오도록 엄마는 오지 않았다. 대문을 열고 고개를 빼꼼 내밀어보았다.

"아무래도,"

할머니가 어느새 등뒤로 다가와 있었다.

"안 오려나보다."

민아는 숨을 죽였다.

"이 어린것들 불쌍해서 어떡하라고. 엄마 안 오니까 그만 기다리고 들어가자."

착 가라앉은 목소리가 은밀하게 귀에 휘감겼다. 민아는 입술을 꼭 깨물었다. 아프지 않았다.

"엄마."

대문 밖으로 한 발을 내밀었다. 좁고 긴, 익숙한 골목길이 눈앞에 펼쳐졌다. 저 구부러진 골목 끝에서부터 엄마가 뚜벅

뚜벅 걸어 돌아오는 일은 영원히 일어날 것 같지 않았다. 민아는 그 자리에 주저앉았다. 할머니가 어깨를 잡아 일으키려 했지만 꼼짝하지 않았다. 태어나면서부터 줄곧 엄마의 구두가 현관을 나서는 모습을 보아왔다. 엄마가 돌아오지 않을까봐, 이렇게 느닷없이 사라져버릴까봐 언제나 두려워했다는 걸 민아는 알았다.

"할머니 때문이야."

민아는 입속으로 웅얼거렸다. 할머니는 듣지 못한 것 같았다.

"다 할머니 때문이라고!"

민아는 다시 한번, 커다랗게 말했다. 제가 생각한 것보다 더 큰 목소리가 튀어나오는 바람에 당황스러웠다. 당황스럽기로 따지면 할머니 쪽이 더한 것 같았다. 할머니는 대답 없이 막무가내로 아이를 일으켜 세우려고만 했다. 그날 밤, 마루 한구석에서 쓰러지듯 잠이 들었다. 아침에 눈을 뜨니 현관에 엄마 구두가 놓여 있었다. 간밤에 엄마가 돌아왔다.

그 밤 엄마의 귀가가 늦었던 이유가 무언지 그녀는 알지 못한다. 다만 일상의 삶은 별일 없었다는 듯 다시 굴러가게 되었다는 것만을 기억할 뿐이다. 가족간의 해결법이란 대개 그런 것처럼.

세상의 모든 열두 살짜리 소년들에게 아버지는 새로 돋아나기 시작하는 턱수염 같은 존재다. 맥없이 연하던 솜털이 어느 순간 뾰족하고 뻣뻣한 것으로 바뀌어 있다. 그러나 견딜 수밖에 없다. 그것이 열두 살이다. 성인 남자를 칼로 찌르거나 불 태워버리기엔 힘의 균형 축이 지나치게 기운다.

준호가 이 상상을 현실로 옮기려던 것은 열두번째 생일 전날 밤이었다. 바쁜 엄마가 원치 않은 휴가를 하루 가진 날이기도 했다. 그가 기억하기에 엄마는 언제나 바빴다. 그때까지 엄마가 거쳐간 직업을 어림잡아도 여남은 가지는 되었다. 슈퍼마켓 캐셔, 옷가게 점원, 보험설계사 같은 일들. 엄마는 두 아이의 교육비와 생활비를 대느라 바빴고 잊을 만하면 터지는 남편의 빚 뒤치다꺼리에 바빴다. 엄마가 아이들보다 먼저 출근할 적도 많았다. 시계 알람 소리를 듣고 일어나 혼자 세수를 하고 새 양말을 찾아 신고서 엄마가 급히 해놓고 나간 계란 프라이를 프라이팬째 밥상에 놓고 먹는 일은 어린 준호에게 대수로울 것 없는 아침 일과였다.

"아이고 시원하다, 우리 작은놈. 엄마가 너 때문에 살지."

늦은 저녁, 퉁퉁 부은 엄마의 다리를 꾹꾹 주무르고 있으면 엄마는 물기 어린 목소리로 말했다. 준호는 작은 손아귀에 힘을 잔뜩 넣어 더욱 열심히 안마를 했다. 아버지는 거의 집을 비우다시피 했다. 아버지도 늘 바빴다. 이런저런 사업들을 구상하고 실행에 옮기고 실패를 거듭했기 때문이다. 준호가 어렴풋이 아는 것은 아버지의 사업이 자주 어려움에 부딪치곤 한다는 것, 그리고 그 문제들을 해결하기 위해 어머니는 더더욱 바빠진다는 것뿐이었다.

아버지가 귀가하는 날은 들쭉날쭉했다. 학교에서 돌아오면 부스스한 머리칼의 아버지가 비어 있는 줄만 알았던 방문을 열고 나올 때가 있었다. 준호는 등굣길 외딴 골목에서 교장선생과 맞닥뜨린 것처럼 저도 모르게 고개를 깊이 숙여 인사하곤 했다. 아버지는 항상 "저놈은 볼 때마다 훌쩍 크네"라며 사람 좋은 너털웃음을 날렸다. 그러곤 원래 자기 자리였던 것처럼 방바닥에 베개를 베고 누웠다. 착한 소년답게 방문을 가만히 닫고 나오면 가슴이 답답해졌다. 그건 아버지가 없는 시간이 얼마나 마음 편했는지를 새삼 확인시켜주는 순간이기도 했다. 준호는 바지를 내리지도 않은 채로 변기에 오래도록 앉아 있었다.

엄마는 아버지를 본체만체하는 듯했지만 다음날 밥상은 평소와 달랐다. 분주한 아침에도 이것저것 반찬을 만들고 국이나 찌개를 꼭 새로 끓였다. 그날 상에 올라온 음식은 청국장찌개였다. 중학교에 다니는 형은 일찌감치 집을 나섰다.

“에이 씨. 냄새나게.”

누굴 향해서인지 모르게 틱 내뱉고서 형은 문을 쾅 닫고 사라졌다. 도시락도 가져가지 않았다. 형 역시 평소에는 엄마가 끓인 청국장찌개를 좋아했다. 그 음식을 잘 먹는 형을 보면서 엄마는 조그맣게 “아무튼 식성도 똑같아. 씨도둑은 못한다더니”라고 중얼거리곤 했다.

“이야. 당신은 정말 식당을 차려야 돼. 세계 인류의 평화를 위해서.”

아버지가 너스레를 떨자 엄마가 픽 웃었다. 준호는 말없이 밥을 먹었다. 청국장 쪽으로는 숟가락을 뻗치지 않았다. 그는 원래 그 음식을 못 먹었지만 엄마에게는 고려의 대상이 아니었다. 남편과 큰아들이 즐기는 것이라는 중대 사실 앞에서 작은아들의 사소한 식성 따위는 자주 잊혔다.

두 사람, 아버지와 어머니는 한 쌍으로 묶인 젓가락 두 짝처럼 무척 자연스러워 보였다. 그것은 어린 준호의 눈에 무척 불가사의했다. 그들은 아이들 앞에서 단 한 번도 사랑한다는 말을 한 적이 없었다. 사랑의 눈빛을 나누지도 않았고, 사랑의 몸짓을 나눈 적은 더더구나 없었다. 그게 전부가 아닌 걸까? 부모가 아니라 부부란 어떤 사이인지 준호는 정확히 몰랐다. 입술에 묻은 청국장 국물을 혓바닥으로 쓱 핥다 말고 아버지가 엄마를 향해 말했다.

"참 이따가 가게로 누가 좀 찾아갈 수도 있는데 말이야."

자장면 배달부라도 온다는 것처럼 심상한 말투였다.

"당신 놀랄까봐서 미리 말해두는 거야. 당신 성격에 좀 그렇겠지마는, 만약 하루 쉬어도 되면, 그냥 오늘 쉬지그래?"

아무렇지 않은 것 같지만 은근한 조바심이 묻어나는 말투였다. 엄마 눈이 커졌다.

"또 돈 받으러 오는 거예요?"

"아 빌린 건 쥐꼬리만해. 그런데 그걸 가지고 그 여자 남편이 오해를 해설랑은."

"여자라고요?"

엄마는 의아할 정도로 날카로운 반응을 보였다.

"아니 진짜 아무 사이도 아닌데 말이야. 설명하자면 복잡한데, 아무튼 지들 부부씨움 불똥을 괜히 나한테 튀겨서는. 아무튼 그 남편이란 놈이 굳이 당신을 찾아가겠다고 해서 내 알려주긴 했거든. 아 똥이 무서워서 피하나 더러워서 피하지."

아버지가 준호 쪽을 슬쩍 바라보며 목소리를 낮추었다.

"준호 너는 지금부터 내가 하는 말 잘 들어. 일단 학교가 끝나면 바로 가게로 가. 누가 오거들랑, 당분간 엄마 여기 안 나온다고 해. 대충 둘러대란 말이야. 혹시 아버지 어디 있냐고 묻거든 절대로 모른다고 하고. 알았지?”

그것은 부탁이었을까 명령이었을까. 준호는 입술을 깨물면서 어떤 쪽이어도 싫다고 생각했다. 거절할 수 없다면 다 마찬가지였다. 그날 수업이 귀에 하나도 들어오지 않았다. 그의 담임은 삼십대 후반으로 평소에 늘 기운 없는 눈빛과 웃음기 없는 표정을 하고 다니는 여자였다. 누구를 특히 차별하는 법 없이 반 애들에게 골고루 무심했기 때문에 그는 선생에게 나쁜 감정을 품고 있지는 않았다. 혹시 내가 자기 반 학생이라는 걸 모르는 게 아닐까 가끔 의심스럽기는 했지만.

선생이 유일하게 무방비의 미소를 짓는 때는 점심시간, 같은 학교 두 학년 아래라는 딸내미가 교실로 찾아와 도시락을 같이 먹는 순간뿐이었다. 반 아이들이 삼삼오오 모여 앉아 각자 싸온 음식을 꺼내놓고 밥을 먹을 때 선생도 교실 앞 전용 탁자에 어린 딸과 나란히 앉아 집에서 가져온 점심을 먹었다. 학생들이 밥을 다 먹었든 말든, 밥을 먹다 혀를 씹었든 말든 오직 그곳에 자신과 자신의 딸, 단둘만이 존재하는 것 같은 얼굴이었다. 모녀는 별 이야기를 나누는 법도 없이 조용히 음식을 나누어 먹는 게 고작이었지만 그들 주위로 타인이 감히 범접할 수 없는 투명 지붕이 둘러쳐진 것 같았다.

준호는 도시락 통을 열지도 않은 채 점심시간을 보내면서 새삼스러운 눈길로 그 모녀를 바라보았다. 딸은 동그란 테의 안경을 낀 자그만 소녀였다. 소녀는 착한 아이답게 입을 크게 벌리지 않으며 반찬을 꼭꼭 씹어 먹었다. 하얀 피부와 발그레한 뺨이 양호한 발육 상태를 증명했다. 여교사 엄마의 순연한 애정을 고스란히 한몸에 받는 딸. 너의 아버지는 적어도 그런 사람은 아니겠지. 너는 이런 더러운 기분 따위 평생 모르고 살아갈 것이다. 그 순간 준호는 격렬한 적의를 느꼈다.

아버지가 말한 남자는 오후 늦게 왔다. 다짜고짜 가게 유리문을 열고 들어오기는 했으나 손님으로서가 아님은 금세 알 수 있었다. 여자옷 상점에 혼자 들어오는 남자 손님은 좀 쭈뼛대기는 해도 어서 선물할 물건을 골라 나가야 한다는 목표를 분명히 드러내기 마련이었다. 그러나 남자는 축 처진 어깨를 하고 있었다. 준호가 상상한 것과 달리 늙수그레하고 가난해 보였다. 가게를 지키고 있는 소년을 보자 남자는 당황한 기색이 역력했다.

"어, 저기, 그러니까, 여기 사장님은 안 계신가?"

준호는 구관조처럼 또박또박 외워둔 문장을 말했다.

"저희 어머니는 안 계십니다. 당분간 안 나오십니다. 할머니가 편찮으셔서 간호하러 가셨거든요."

한참을 고개 숙이고 있던 남자가 지갑에서 무언가를 꺼냈

다. 여자 사진이었다. 그냥 아줌마, 흐리멍덩한 이목구비에 촌
스러운 헤어스타일을 한, 아무런 꿈도 욕망도 없을 것 같은 중
년 여자의 얼굴이었다.

"혹시, 이 사람 본 적 없니?"

준호는 눈동자를 모아 사진을 들여다보았다. 원래는 흰색이었
을 사진 테두리는 꼬질꼬질하게 때가 타 있었다. 어떤 사랑은 다
만 남루한 종이 한 조각으로 남는다. 준호는 대답 대신 고개를
저었다.

"지금 어디 있는지만 알면 되는데."

사내는 굶은 개처럼 젖은 눈빛으로 중얼거렸다. 그에게 해
줄 말이 정말로 아무것도 없음을 준호는 알았다. 남자가 사진
을 도로 품에 넣고서 밖으로 나가려다 갑자기 멈추었다. 그는
예상 답안에 없는 질문을 했다.

"너희 아버지는 어떤 사람이냐?"

말문이 막혔다. 준호는 시선을 아래로 떨어뜨렸다.

"좋은 사람이냐?"

준호는 다시 한번 천천히 고개를 저었다. 사내 또한 아무 말
없이 한동안 바닥을 내려다보다가 신기루처럼 사라졌다.

그날 밤 아버지는 일찌감치 잠이 들었다. 준호는 아버지가
잠든 곁으로 슬며시 다가갔다. 코 고는 소리가 하마처럼 요란

했다. 베개 옆에 더러운 침으로 얼룩진 재떨이와 일회용 라이터가 놓여 있었다. 준호는 라이터를 집어들어 엄지를 당겨보았다. 불꽃이 일렁였다. 옆에는 엄마가 모로 누워 잠들어 있었다. 평화로운 밤, 비현실적이고도 무서운 밤이었다. 준호는 자신이 무슨 짓을 저지를 만큼 어리지도 어리석지도 않다는 걸 깨달았다. 소년은 가만히 라이터를 끄고 방에서 나왔다. 열두 살, 인생을 뒤바꿀 일은 쉽게 일어나지 않았다.

최초의 타이타닉

최초의 타이타닉

소녀는 소년이 아니라 소녀들을 갈망한다. 집단에 끼지 못하는 소녀가 얼마나 고독한지에 대하여 무리 안과 밖의 소녀들 모두가 잘 알았다. 엄마가 교사로 근무하는 학교에서 유년시절을 보내는 동안 민아는 항상 자기가 동그라미 외부의 존재임을 뼈저리게 의식해야 했다. 민아를 향한 여자아이들의 적의는, 민아의 어머니와 교무실을 공유하는 동료 교사들의 호의로부터 비롯되었다고 분석하는 게 옳겠다.

'쟤는 차별대우 받잖아'라는 문장은, 사회의 평등지수가 어떻게 변화해왔는지와 상관없이 모든 시대의 아이들을 예민하게 자극한다. 한 개인이 제가 가진 능력에 비해 과한 평가를 받는다는 데에서부터, 나머지 사람들이 바로 그것으로 인해 부당한 대우를 받는다는 느낌으로 전환되기까지 오랜 시간이 걸리지 않았다. 학년이 바뀌면 새로운 클래스메이트들 사이에 그녀의 출신성분이 곧 소문났고, 민아가 다른 소녀들의 공공의 적이 되는 것은 시간문제였다.

유념할 것은, 유난히 민감한 반응을 보이는 것은 다 여자아이들이었다는 점이다. 그에 비해 남자아이들은 상대적으로 '선생님 딸' 민아에게 관대했다. 동성에게 경원의 대상이 되는 바로 그 이유가 이성에게는 후광효과로 작용하는 것일까. 아니면 또래 소녀들 사이에서 미묘하게 따돌림당하는, 단정한 옷

차림의 얼굴 흰 소녀의 이미지가 또래 소년들의 남성 유전자에 숨겨져 있는 보호본능을 자극하는지도 몰랐다. 잘 손질된 긴 머리칼을 어깨 아래로 길게 늘어뜨리고 다니는 것도 평범한 남자아이들에게는 선망의 요소가 될 수 있었다. 4학년 1학기, 같은 반 남자아이들 사이에서 치러진 인기투표에서 민아는 예상을 깨고 1위를 했다. 이 사실은 학급 전체에 곧바로 퍼져나 갔고, 도시락을 함께 먹던 느슨한 관계의 친구들조차 민아 곁을 떠나는 데에 결정적 공헌을 했다.

남자아이들은 공통으로 선망하는 여자아이를 도시락을 함께 먹는 무리에는 끼워주지 않는다. 그것이 자연스러운 수컷의 법칙이다. 할머니가 싸준 도시락의 뚜껑을 열고 꿋꿋이 홀로 밥을 먹을 용기를 민아는 가지고 있지 않았다. 손녀가 아예 손을 댄 흔적도 없이 도시락을 고대로 남겨오자 할머니는 큰 충격을 받았다. 이 사태를 놓고 민아의 할머니와 엄마는 심각한 대책회의를 열었으며 이윽고 의기투합하였다. 할머니가 손녀를 위하여, 그 어미의 도시락까지 싸주기로 합의한 것이다. 적과의 동침이나 다름없던 기존의 고부관계에 비추어 실로 파격적인 결정이었다. 민아의 의견은 아무도 묻지 않았다.

민아는 이제 점심시간을 알리는 차임벨이 울리면 엄마가 담임을 맡은 6학년 교실로 가야 했다. 복도는 낡고 한없이 길었다. 한낮의 짧고 지독한 순례는 그녀가 초등학교를 졸업할 때까지 이어졌다.

유년 시절의 경험이 십대 후반 이후 자신의 성격 형성에 지대한 영향을 미쳤다고 민아는 믿었다. 초등학교를 졸업한 이후 민아의 성격은 많이 달라졌다. 그런 것처럼 보였다. 유년기의 동창들이 그녀를 조심스럽고 소극적이던 아이로 기억한다면, 중고등학교 시절과 그 이후에 민아를 알게 된 이들은 밝고 상냥한 성품의 소녀로 그녀를 기억하곤 했다.

타인에게 적극적으로 다가가지는 않아도 늘 얼굴에 잔잔한 미소를 띠고 있어 어렵지 않게 친해질 수 있는 인상이라는 것이 박민아를 아는 여러 벗들의 공통적인 견해였다. 어색한 순간이면 먼저 웃어버리는 그녀의 버릇은 그러나 부단한 노력의 결과였다. 그녀의 성장 과정은 인간관계에서 선점이 얼마나 중요한지를 배워가는 과정이었다. 먼저 짓는 미소는 이를테면 먼저 쏘는 총알이었다. '나는 당신에게 우호적인 감정을 품고 있으니 경계심을 갖지 말아달라'는 제스처 속에는 상대를 안심시키고 시작하겠다는 의도가 다분했으며 이는 상대가 안심의 차원을 넘어 방심하거나 방만해졌을 때 내 쪽에서 뒤통수칠 수 있는 가능성을 염두에 둔 주도면밀한 포석이었다. 선제공격이 최선의 방어라는 잠언은 전쟁터에서만 쓸모 있는 게 아니었다.

혼자 남겨진다는 것은 익숙해서 더 두려운 일이었다. 혼자임을 스스로 선택할 수 있는 경우라면 그나마 견딜 만했다. 하지만 자신의 의지와 상관없이 홀로 남겨지는 상황을 상상하면 이야기가 달라졌다. 언젠가는 홀로여야 한다면 그 타이밍을 선택하는 사람은 그 누구도 아닌 '나'여야 한다고 민아의 무의식이 말하고 있었다. 상대가 멍하니 한눈파는 순간을 잘 포착하여 휙 놔버리는 것이 민아의 방식이었다. 그러지 않으면, 그 타이밍을 맞추지 못하면, 분명히 모두가 등을 돌리고 말 것이고, 결국엔 어깨를 떨지 않으려 애쓰며 다시 혼자서 그 어린 날, 점심시간마다의 지독한 순례에 나서야 할 터였다. 그것은 친구 관계에서도, 그리고 연애를 할 때에도 마찬가지였다.

지난 세기말에 있었던 첫사랑의 제반 과정 역시 그녀가 이런 입장을 굳히는 데 적잖이 공헌했다.

노스트라다무스가 세계 멸망을 공언한 1999년이 지나고 2000년이 밝았을 때 그녀는 열일곱 살이었다. 아이들은 2000년이 20세기인지 21세기인지를 놓고 내기를 걸었다. 남녀공학 고등학교 1학년 2학기는 뒤숭숭한 풍문으로 시작되었다. 여름방학 동안 누가 여자친구를 버리고 다른 애와 사귄다는 것쯤은 교실 안팎에 흔해빠진 소문이었다. 누가 누구와 부모님이 여행을 떠난

빈집에서 이상한 짓을 하다 들켰다는 종류의 소문 역시 교정
에 흐드러졌다.

　유난히 큰 키에 성숙한 분위기를 풍기던 민아네 반 여학생
하나가 개학 후 학교에 나오지 않았다. 공식적으로는 미국으
로 조기유학을 떠났다는 이야기가 전해졌으나, 믿거나 말거나
의 소식통에 의하면 여름방학 동안 남자친구의 아이를 임신하
고 낙태 시술을 받았기 때문이라고 했다. 다른 반 어떤 아이
가 엄마 손에 이끌려 옆 동네 산부인과 건물로 들어가는 그녀
의 모습을 목격했다는 증언도 나왔다. 그 가련한 여학생의 남
자친구이자 채 태어나지 못하고 죽어버린 생명의 정자 제공자
로 지목된 사람이 같은 반 남학생이라는 점 또한 스캔들의 열
기를 증폭시켰다.

　소문의 주인공인 지훈은 교실 맨 뒤에 앉은, 키가 크고 마
른 몸에 가무잡잡한 피부를 가진 소년이었다. 여간해선 입을
여는 법이 없었고 표정에 함부로 기분을 드러내지도 않았다.
중학교 때 싸움으로 학년 짱이었다는 소문과 한 학년 위 선배
들도 섣불리 못 건드린다는 소문 같은 것이 뒤를 따라다녔다.
민아는 조금 놀랐다. 그에 대해 내심 멋있다고 생각해왔기 때
문이다. 구십 퍼센트의 다른 여자아이들과 다를 바 없는 감정
이었다. 여기저기서 수군거리는 것을 아는지 모르는지 지훈은

평소처럼 무심한 태도로 일관했다. 대개의 남 얘기가 그렇듯 와글거리던 소문은 시간이 갈수록 점차 잦아들고 곧 잊혀갔다.

가을이 깊어가던 어느 날, 민아의 사물함에서 편지 한 장이 발견되었다. 누군가 문틈으로 밀어넣고 갔나보았다. 겉봉에 아무 글자도 적히지 않은 흰색 규격봉투를 뜯자 편지지가 나왔다.

Every night in my dreams, I see you I feel you

That is how I know you go on

Far across the distance and spaces between us

You have come to show you go on

전방의 군인에게 보내는 위문편지처럼 볼펜으로 꾹꾹 눌러쓴 글씨였다. 글자들은 한쪽으로 삐뚜름히 기울어져 있었다. 중간중간 검은 볼펜 똥이 뭉개진 자국이 하루살이의 무덤처럼 보였다.

"그게 뭐야?"

단짝 친구 수지가 어깨너머로 편지를 들여다보았다.

"몰라."

"러브레터네!"

수지가 흥분했다.

"매일 밤, 내 꿈에서, 나는 너를 본다! 어머, 지금 고백하는 거잖아, 너한테! 누구지? 누구지?"

편지 말미에 J. H라는 이니셜이 있었다. 수지는 고개까지 갸웃거리며 그 이니셜을 가진 모든 남자아이들을 하나하나 꼽아나갔다. 마지막 소년까지 헤아렸을 때에도 민아는 그 문장들이 몇 해 전 선풍적으로 인기를 끌었던 영화 〈타이타닉〉의 주제곡 가사라는 것을 몰랐다.

편지의 주인공은 며칠 뒤 제 발로 나타났다. 수업이 일찍 끝난 토요일 낮, 지훈이 민아가 타는 버스를 따라 탔다. 그들은 동그란 손잡이를 잡고 버스 한복판에 나란히 섰다. 키 차이가 꽤 났다.

"답장이 없어서."

지훈이 나지막이 말했다. 편지의 발신인이 자신임을 당연히 알고 있다고 믿는 것 같았다. 여섯 달 동안 한 반에서 공부했지만 단둘이 이야기를 나누어보는 것은 처음이었다.

"몰랐어. 누군지."

그렇게 말하면서 민아는 이것이 며칠 동안 제가 머릿속으로 그려봤던 수많은 상황 중에서 가장 이상적인 동시에 위험한 것임을 알았다. 지훈이 한 손으로 앞머리를 넘겼다. 버스는 규정 속도보다 천천히 달렸다. 열린 버스 차창 너머로 모래가 섞인 것 같은 바람이 훅 불어왔다. 그 오후 내내 둘은 민아네 동네의 놀이터 벤치에 앉아 있었다. 낭만적이거나 심각한 대화는 하나도 오가지 않았지만, 아니 대화라는 것을 몇 마디 나누지 않았지만 그날 이후로 많은 게 변했다.

그들은 학교에서는 여전히 아무 관계 없는 사이인 것처럼 행동했다. 지훈은 여전히 맨 뒷줄에 앉았고 말이 없었고 여학생들의 선망과 흠모와 수군거림을 동시에 받는 존재였다. 한 교실에서 마주하는 지훈은 너무 먼 곳에 있는 것 같아서 민아는 그가 밤마다 자신을 보기 위해 독서실로 찾아오는 남자친구와 동일인이라는 사실이 실감나지 않았다. 지훈은 밤 열시에서 열한시 무렵 예고 없이 불쑥 찾아오곤 했다.

"얼굴이나 보려고."

손에는 어김없이 검정 비닐봉지가 들려 있었고 그 안에서는 바나나맛 우유나 캔커피, 웨하스나 코코넛밀크맛 과자 같은 것들이 나왔다. 그들은 독서실 옥상으로 이어지는 가파른 계단에 앉아 음료수와 과자를 나누어 먹었다. 이어폰을 한쪽씩 나눠 끼고서 음악을 들었다. 손도 거기서 잡았고 첫 키스도 거기서 했다. 말랑말랑한 두 개의 입술이 아주 잠깐 닿았다 떨어지는 짧은 입맞춤이었다.

지훈은 다른 아이들과 달리 독서실도 학원도 다니지 않았다. 늦은 밤 나타난 지훈에게는 거리의 냄새가 묻어 있었다. 쉽사리 설명하기 힘든 냄새, 민아가 잘 모르는 냄새였다. 민아는 그에게 어디서 오는 길이냐고 묻지 않았다. 너는 왜 독서실도 학원도 다니지 않느냐고, 대학에는 진학하지 않을 거냐고도 묻지 않았다. 여름방학에 사라져버린 그 여자아이와의 소문에 대한 진위는 더더욱 물을 수 없었다. 섣부른 질문들을 입 밖에 내는 순간 모든 게 멈춰버릴 것 같은 압도적인 예감 탓이었다. 동그랗게 자른 여자친구의 새끼손톱을 엄지손가락 끝으로 다정하게 만지작거리고 있는 이 남자아이가 갑자기 돌처럼 딱딱하게 굳어버리고, 먼지 가루로 우수수 부서져내릴 것 같았다. 첫사랑이 아닌 사랑들에서였다면 결코 견디지 못할 불안이었다.

서른이 다 되어서도 준호는 종종 고등학생으로 되돌아가는 꿈을 꾸곤 했다. 주로 스트레스를 많이 받거나, 어떤 불안감에 짓눌려 있을 때였는데 다시 군대에 입대하는 꿈과 비슷한 빈도로 그런 꿈을 꾸었다. 꿈에서 깨는 순간 꿈속의 세부적인 것들은 기억나지 않았다. 그가 일부러 잊어버리기를 갈망한 결과일지도 모른다. 다만 그 차갑고 축축한 회색 빛깔의 이미지와 냄새는 도저히 잊으려야 잊을 수가 없었다. 감옥에서 나온 사람이 꾸는 꿈과 비슷한 색깔과 냄새일 거라고 그는 짐작했다.

꿈속에서 그는 지각을 하여 팬티만 입은 채 오리걸음으로 운동장을 도는 체벌을 당하기도 하고, 수학 시험의 답안지를 한 칸씩 밀려 쓰기도 하고, 일진들에게 집단 린치를 당하기도 했다. 배경은 1998년인데 소라는 한 번도 등장한 적이 없었다. 그해 봄은 유난히 더디 왔다. 그는 고등학교 1학년이 되기를 기다리고 있었고, 일요일마다 동네 장로교회에 꼬박꼬박 출석하는 어린 신도이자 교회 중고등부의 개근 멤버였다. 신神에 대한 믿음이 특별했던 것은 아니다. 그때 그에게는 쉴 곳이 필요했다.

남자들이 셋 이상 모인 곳에서는 어디서든 본능적으로 서열 투쟁이 벌어지기 마련이다. 위계는 물리적 힘겨루기에 의해 결정될 수도 있고, 눈에 보이지 않는 다른 가치가 중요하게 작용할 수도 있다. 분명한 건 일등도 한 명, 이등도 한 명, 꼴찌도 한 명이라는 것. 가끔은 내부 반란이 일어나 일등과 이등이 뒤바뀌듯이 위계질서가 전복되기도 하지만, 서열이 존재한다는 사실만은 변함없었다. 준호는 아무리 용을 써도 자신의 자리가 그 계단의 아래쪽임을 분명히 알고 있었다. 그는 싸움을 잘하지도 않았고 체격이 크지도 않았다. 공부를 잘하는 것도 아닌데다 부모는 막 이혼서류에 도장을 찍은 상태였다.

교과 과정 중에 미술을 가장 좋아한다는 것, 음악 듣기를 좋아한다는 것, 록그룹 너바나의 커트 코베인을 동경한다는 것 등은 수컷끼리의 서열에서 전혀 고려할 만한 사항들이 아니었다. 그는 오줌으로 영역을 선점하는 수컷들의 투구장이 아닌, 다른 그라운드를 갈망했다. 그러니 열일곱의 '작은 이준호'가 "무거운 짐 진 자들아 다 내게로 오라"는 성경 말씀에 어떻게 마음이 움직이지 않을 수 있었을까.

"타이타닉 재미있다던데 혹시 봤어? 안 봤으면 같이 볼래?"

2월, 길옆에 더러워진 눈뭉치가 아직 쌓여 있는 그러나 곧 봄방학이 시작되려는 어정쩡한 계절, 동네 골목길에서 우연히 마주친 소라가 아무렇지도 않게 말했을 때 준호의 얼굴은 토마토처럼 붉어졌다. 얼마 전 개봉한 영화 〈타이타닉〉이 매 주말 박스오피스 순위를 갱신하고 있다는 뉴스를 준호도 들은 적이 있었다. 그렇지만 그런 제안을 한 사람이 소라가 아니었다면 지하철을 타고 시내에 나가 일부러 그 영화를 찾아 보지는 않았을 터였다.

소라는 그가 출석하는 교회의 중고등부 동기였고 예배 때마다 반주를 맡아 하는 소녀였다. 그녀가 예쁜 아이였던가. 잘 모르겠다. 첫사랑 연인에 대해서라면 누구나 그렇듯이 준호는 그녀의 외모가 어떻다고 객관적으로 품평할 수가 없었다. 소라는 키가 작은 편이었고 통통하게 살 오른 장밋빛 볼을 가지고 있었다. 철사로 만든 치아 교정기를 감추기 위해 웃을 때면 손으로 입을 살짝 가리곤 했는데 그때 꼼지락거리는 손가락 모양이 꽤 귀여웠다. 교회의 남자아이들 사이에서 그녀의 이름은 종종 화제에 오르곤 했다. 이를테면 이런 방식이었다.

"걔는 거기가 죽이잖아."

"어디가?"

"아 병신. 가슴."

"나도 봤어. 뛸 때 흔들리는데 장난 아니더라."

"아 그렇다니까. 잘 봐봐. 예배 때 몰입해서 피아노 칠 때도 이렇게 막."

소라는 교회에 올 때면 낙낙하고 여성스러운 블라우스를 즐겨 입었는데 그러고 보니 정말로 그 부분이 유난히 두드러지는 것 같았다. 준호가 그걸 의식하기 시작한 후로 교회 안팎에서 그녀와 마주치면 그 사실이 먼저 의식되는 것을 어쩔 수 없었다. 그녀가 "준호야, 안녕" 하고 밝게 인사하면 "안녕" 하고 대꾸하는 것보다 먼저 목덜미가 홧홧해졌다. 말하자면 소라는 준호가 마스터베이션을 하면서 상상한, 연예인이 아닌 첫번째 여자였다.

그들은 동네에서 가장 가까운 불광역에서 만나 지하철 3호선을 타고 충무로로 갔다. 동네 교회의 여자아이와 함께 먼 곳으로 가는 일은 초대받지 않은 파티에 가는 것처럼 야릇하고 두근거리는 외출이었다. 어둠 속에서 영화를 보는 내내 무릎 안쪽이 찌릿찌릿해지는 감각과 달콤한 고통이 따라왔다. 디카프리오와 케이트 윈슬렛이 막 첫 키스를 하려고 할 때부터 준호는 옆자리의 여자아이를, 그녀가 내뱉는 숨소리와 향기와 몸의 작은 움직임들을 팽팽하게 의식하고 있었다. 그것이 소라라는 특정한 개인에 대한 매혹 때문인지 아니면 그녀가 스크린 속 여배우와 같은 육체를 가진 '여자'이기 때문인지 섬세히 구분해낼 능력을 그 또래의 어떤 소년이 가지고 있었을까.

영화관에 불이 켜지자마자 관객들은 서둘러 몸을 일으켰다. 준호와 소라는 엔딩크레디트가 다 올라가도록 자리에 앉아 있었다.

Every night in my dreams, I see you I feel you

That is how I know you go on

Far across the distance and spaces between us

You have come to show you go on

셀린 디온의 목소리가 애절하게 귀를 파고들었다. 소라는 콧물을 훌쩍이며 울고 있었다. 준호의 기억 속에는 그날이 그 자그마한 소녀를 사랑하게 된 운명적 순간으로 각인되어 있었다.

그들은 그후로 삼 년 넘게 사귀었다. 짧지 않은 시간이었다. 시작이 언제였는지 명확하게 기억할 수 있는 데 반해 이별에 대해서는 그렇지 못했다. 고등학교를 졸업하고 대입 시험에 실패하고 재수를 하고, 치열하게 삶에 실패해가는 동안 만났다 헤어지기를 반복했기 때문이다. 한때는 매일매일 만나기도 했고, 한때는 석 달에 한 번씩 느슨하게 만나기도 했다. 어떤 때는 준호 쪽에서 헤어졌다고 생각한 적도 있었고 또 어떤 때는 여자 쪽에서 그렇게 생각하기도 했다.

20세기 말이 저물고 21세기의 해가 밝는 동안 그들은 십대에서 이십대가 되었고 또래의 다른 아이들과 별다를 바 없는 속도로 변해갔다. 준호는 재수 끝에 서울의 한 중위권 대학 경영학부에 합격했으며 더이상 교회에 나가지 않게 되었다. 소라는 전문대학의 피아노과 학생이었으며 매일 새벽 예배를 거르지 않는 신실한 하느님의 딸이 되어 있었다.

그동안 그들이 같이 자지 않았다는 사실—정확히 말하면, 그녀의 질 속에 그의 성기를 삽입하지 않았다는 사실에 관해서 말한다면 아무도 믿지 않을 게 분명했다. 처음부터 기회는 많았다. 준호의 집은 자주 비었고, 그들 또래의 커플들처럼 노래방이나 비디오방에서 끝까지 갈 수도 있었다. 하지만 그들은 그러지 않았고, 준호는 그것이 자신이 결정적인 순간마다 엄청난 통제력으로 제어했기 때문이라 믿었다. 처음 사귀기 시작하고 얼마 되지 않아 노래방에서 입을 맞추고 가슴을 만졌을 때 소라는 가만히 있었다. 소라의 가슴은 다른 남자아이들이 입방아를 찧었던 만큼 크지는 않았지만 단단하고 탄력 있었다. 그가 흥분을 이기지 못하고 치마 쪽으로 손을 뻗자 소라가 곧바로 그를 제지했다.

"안 돼, 거긴."

나직하고 엄격한 목소리였다.

"응. 알아."

그때 그는 대체 무엇을 안다고 대답한 것일까. 시간이 흘러가고, 둘 사이의 육체적 커뮤니케이션에 대한 무언의 선線이 정해지고, 그 선이 일상의 관성에 의해 유지되어가는 동안 준호는 불쑥불쑥 궁금해지곤 했다. 혼전 성교를 죄로 간주하는 보수적인 신앙과, 여자친구를 '지켜주어야 한다'는 윤리적 당위와, 하루에도 몇 번씩 부글대며 끓어오르는 시퍼런 성욕과, 그럴수록 선명해지는 자기모멸감이 마구잡이로 뒤섞인 채 그를 바위처럼 짓눌렀다. 연애 중반기를 넘어서면서부터는 소라가 조금이라도 무리하다 싶은 요구를 해올 때면 겉으로 내색은 하지 않아도 불현듯 짜증이 치밀어올랐다.

재수 끝에 대학에 합격했지만 한 학기를 다니자마자 바로 군대에 가야 했다. 형이 제대하여 복학을 앞두고 있었기 때문이다. 바듯한 집안 형편으로 두 명분의 대학 등록금을 내기란 불가능했다. 훈련소에 입소할 때 소라에게 알리지 않은 건 일종의 객기였을 것이다. 첫사랑과의 이별에는 가장 통속적인 방식이 어울린다고 생각했다. 그 무렵 둘은 중요하지 않은 무슨 일인가로 뒤틀려 한참을 연락하지 않고 지내는 중이었다. 입대 전날 밤 술을 많이 마셨고 창녀에게 가자는 친구들을 뿌리치고 집에 들어와 혼자 잤다.

훈련소 생활에 이은 이등병 생활은 끝이 보이지 않는 일직선 도로 위에 선 것 같았다. 고통스럽다는 말로는 모자랐다. 실은 영혼의 고통을 체감할 새 없이 몸이 먼저 고단했고, 간신히 틈이 날 적이면 그렇게 생존하고 있는 자신이 절망스러워졌다. 밤에 불침번을 서거나 화장실에서 조금 오래 앉아 있을 때면 두고 온 여자친구가 생각났다. 소라는 비현실적으로 아득한 시공간에 존재하는 것 같았고, 그래서 그는 자대 주소를 적은 편지를 보내는 만용을 부릴 수 있었다.

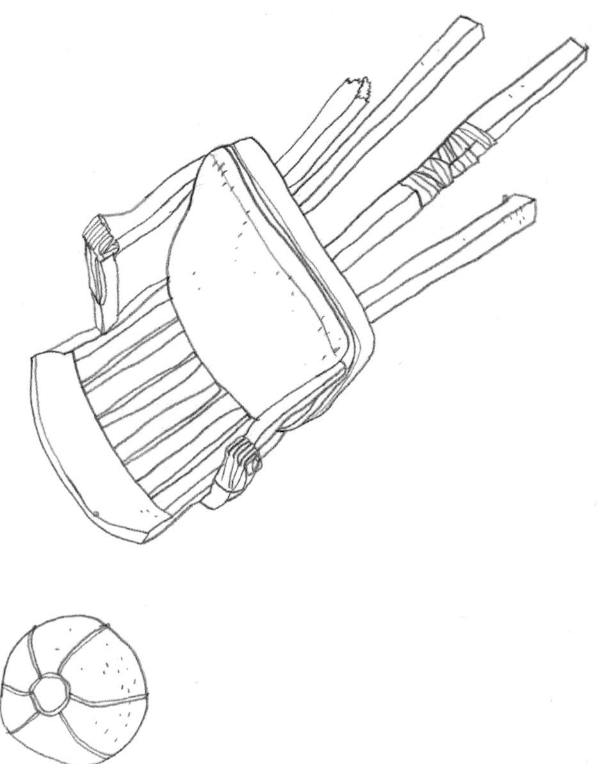

당신과는 다른 이야기

당신과는 다른 이야기

　스물일곱번째 생일 밤, 생일파티에서 여러 종류의 알코올을 무작위로 섞어 마시는 바람에 관자놀이가 깨질 듯 아프고 잠이 오지 않았으므로 민아는 깨끗한 백지를 한 장 꺼내어 이제껏 만났던 남자들의 이름을 적어보기로 했다. 1번, 이라고 번호를 매기자 지훈의 얼굴이 반사적으로 떠올랐다 사라졌다. 픽 웃음이 났다. 십 년 전의 일이었다. 그쪽에서는 나를 어떻게 기억하고 있을까, 과연 기억이나 하고 있을까, 처음으로 궁금해졌던 것이다. 그해 가을의 두어 달 남짓, 가슴 졸이며 애달아 했던 데 비하여 파국은 어이없도록 쉽게 왔다.

　독서실로 매일 찾아오던 지훈의 발길이 점점 뜸해졌다. 그가 나타나곤 하던 시간만 되면 민아는 아무것도 못하고 시계만 보았다. 약속 없이 만나는 관계에서는 기다리는 쪽이 피가 말랐다. 사흘 만에 나타난 지훈 앞에서 뾰로통하게 입을 다물고 있다가 키스를 시도하는 그를 향해 쏘아붙이고 말았다.

　"넌 우리가 대체 무슨 사이라고 생각해?"

　남자아이의 눈빛에 곤혹의 그림자가 스쳤다. 어중간한 사이의 남자에게라면 더욱, 절대로 입 밖에 내어서는 안 될 금기의 질문임을 그때의 민아가 알 턱이 없었다. 지훈이 민아의 어깨에 둘렀던 팔을 미처 거두지 못한 건 당황해서였을 것이다. 민아는 지훈의 팔을 휙 뿌리치며 다시 퉁명스레 말했다.

"혹시, 이러려고 날 만나는 거야?"

그녀가 정말로 하고 싶은 이야기는 물론 그런 것이 아니었다. 그녀는 투정부리고 싶었고 울먹이고 싶었고 속삭거리고 싶었다.

"나, 갈게."

지훈은 조용히 몸을 일으켰다. 그가 정말로 가버릴 줄은 몰랐다. 다시 돌아와서 제 눈물을 닦아주고 손을 잡아주고 등을 도닥여줄 거라 생각했다. 떠나버린 소년은 돌아오지 않았다. 민아는 무릎에 고개를 처박고 흐느끼면서 방금 자신의 인생에서 가장 끔찍한, 돌이킬 수 없을 날카로운 상처를 입었다고 생각했다. 상처를 받았다고만 생각했다. 세상 밖으로 사라질 수 없다면 언젠가는 눈물을 그치고 고개를 들어야 했다. 학교에서 매일 마주쳐야 하는 헤어진 남자친구에게 쌀쌀맞은 눈길 한번 던지지 않는 것이 민아가 할 수 있는 초라한 복수의 전부였다.

이제, 만 스물일곱의 민아는 1번의 자리에 오랫동안 첫사랑이라고 의심 없이 믿어온 이름 대신 빈 괄호를 그려넣는다. 비어 있는 그 여백을 검지의 지문으로 문질러본다. 무언가 아련한 향기를 머금은 실絲로 한 시절이 봉합된 기분이다. 나쁘지 않다. 2번부터 차례대로 그녀는 헤어진 연인의 이름들을 써본다. 그녀의 펜이 4번에서 멈춘다. 아직은 편치 않은 이름이 거기 있다.

현석을 처음 만난 것은 재작년 크리스마스 즈음이었다. 사랑을 시작할 때 그녀는 마치 타고난 낙천주의자인 것처럼 급격하게 변모한다. 사랑이 저무는 순간이면 세상에서 가장 차갑고 냉소적인 비관주의자의 표정으로 휴대전화의 전원을 끄는 것과 마찬가지로, 그것은 그녀에게 지극히 자연스러운 연애의 한 과정에 해당했다. 친구 결혼식에서 단체 사진을 찍을 때부터 눈에 들어오던 남자가 피로연에서 전화번호를 물어왔을 때 그녀는 자신이 또다시 그 희망의 문 앞에 서게 되었음을 알았다. 기꺼이 그 문을 열어젖히리라는 것도.

며칠 뒤 단둘이 만난 첫번째 데이트에 현석은 연한 살굿빛의 캐주얼 티셔츠와 몸에 적당히 붙는 디젤 청바지를 입고 왔다. 맨발에는 빨간색 탐스 운동화를 신고 있었다. 금요일 밤임을 감안하더라도 삼십대 초반의 나이, 증권사 영업사원이라는 직업과는 거리가 있는 차림새였다. 적당히 어둑한 조명의 이탈리안 레스토랑 안에는 저녁식사를 하는 커플이 많았다. 다른 남자들 대부분이 타이로 목을 졸라맨 드레스셔츠 차림이었다.

"오늘 출근 안 하셨나봐요?"

민아가 묻자 그는 가볍게 대답했다.

"아, 갈아입고 왔어요."

종일 일한 복장으로 밤 시간을 보내기가 싫어 저녁 약속이 있을 땐 웬만하면 집에 들러 옷을 갈아입는다는 거였다. 정 급하면 자동차에서 바꿔 입기도 한다고 말하는 남자의 눈동자에 미묘한 자부심 같은 것이 스쳐갔다. 민아는 깊게 고개를 끄덕였다.

"빨간색 신발이라고? 푸하."

다음날 친구 수지에게 이야기하자 그녀는 예상대로의 반응을 보였다.

"아냐. 생각보다 잘 어울렸어."

"서른한 살이라며?"

"동안이라 그런가 괜찮던데. 굉장히 자유로워 보이더라고. 왜 그런 사람 있잖아. 어려운 수학 문제를 아무렇지도 않게 그냥 쓱쓱 풀어갈 것 같은."

그 사람 곁에 있으면 좁은 롱부츠 속에 파묻힌 복사뼈처럼 꽉 막힌 일상에 숨통이 트일 것 같다는 말은 하지 않았다. 그 무렵에도 민아는 두 해째 다니고 있는 회사를 그만둬야 하나 하는 고민에 휩싸여 있었다. 크다고도 작다고도 할 수 없는 의류회사의 인사관리 부서였다. 그녀가 이력서를 낸 수십 군데의 회사 중에 유일하게 그녀에게 합격증을 보내준 곳이기도 했다. 일의 장점과 단점은 각각 명확했다. 연봉이 적고 업무가 지루하며 미래가 불투명하다는 단점, 일의 강도가 세지 않고 월급은 제때 따박따박 입금된다는 장점이 있었다.

딱히 대안이 있어서 사표를 내려는 건 아니었다. 물론 대학 때 포기했던 임용고시에 재도전하거나 노량진에서 공무원시험을 준비할 수야 있을 터였다. 많은 이십대 여자들이 현실을 견디는 방법처럼 말이다. 그렇지만 서른이 되기 전에 어떻게든 끝을 보아야 했다. 서른이 내일모레라 생각하면 가슴이 바짝바짝 타들어가는 것 같았다. 다시 수험생처럼 머리칼을 하나로 질끈 동여매고 도시락을 싸들고 매일 아침 일찍 도서관으로 향할 수 있을까? 그것은 쉽사리 실행에 옮기지 못할 상상이었다.

다 관두고 잠깐 어디 갔다 왔으면 좋겠다, 라는 그녀의 하소연에 누구보다 반색을 한 건 현석이었다. 그런 남자를 어떻게 사랑하지 않을 수 있을 텐가. 그들은 곧 뜨겁게 사랑하는 사이가 되었다. 초반 삼 개월은 분명히 그랬다고 생각한다. 현석은 사랑하는 사이라면 날마다 만나는 것이 마땅하다고 믿는 연인으로 보였다. 이전 남자친구들과는 달랐다. 처음에는 좀 버겁기도 하고 어색하기도 하였으나 민아는 곧 불안할 만큼 만족스러워졌다. 그들은 석 달 동안 하루도 빠짐없이 만났다. 야근이라도 하는 날엔 그가 민아의 회사 앞으로 왔다. 캔커피 하나를 나눠 마시며 자동차 안에서 어깨를 맞대고 있다가 아쉬워하며 헤어지곤 했다.

연애의 초반부가 둘이 얼마나 똑같은지에 대해 열심히 감탄하며 보내는 시간이라면, 중반부는 그것이 얼마나 큰 착각이었는지를 야금야금 깨달아가는 시간이다. 급하게 몰아닥친 태풍은 어느새 그쳤고, 그후에는 폭풍우가 쓸고 간 해변을 서서히 수습해가야 한다. 첫 순간 민아를 매혹했던 현석의 남다른 습관이 실은 삶에 대한 자유롭고 유연한 태도와는 아무 상관 없는 것이라는 사실은 오래지 않아 드러났다. 그는 스스로를 넘치게 사랑할뿐더러 타인의 눈에 어떻게 비칠지를 끊임없이 의식하는 강박적 성격의 소유자였다.

어떤 순간부터 현석은 늘 바쁘다고 했다. 주중에는 피곤했고 주말에는 그 피곤을 풀기 위해 쉬거나, 친구들 모임에 나가야 한다고 했다. 그의 드라마틱한 변화 앞에서 민아는 자존심을 다쳤다. 그녀는 점점 지쳐갔으며 작은 일에도 예민해졌다. 현석은 그녀의 불만이 이해가 안 된다고 주장했다.

"하루이틀 만나고 말 것도 아닌데 넌 왜 그러니? 별것도 아닌 걸로 그렇게 잔소리하면 좋아?"

민아가 마음 깊은 곳에서 그를 '지금은 사귀고 있지만 언젠가는 헤어져야 할 사람'으로 분류해놓게 된 것은 자기방어를 위한 안전장치였다. 누군가 남자친구의 안부를 물어보면 그녀는 짐짓 쿨한 말투로 농담처럼 답하곤 했다. "헤어지는 중이에요." 상대가 기막히다는 듯 웃으면 민아도 따라 웃었지만 가슴이 서늘했다. 그들이 만나는 횟수는 점차 줄어들었고 언젠가부터는 더이상 상대의 주말 스케줄을 확인하지 않게 되었다. 관계가 곧 종말을 맞으리라는 신호였다.

민아는 극단적 비관주의자로서의 면모를 유감없이 발휘하여 그 신호에 재빠르게 대응하기에 앞서, 도저히 감당하기 힘든 애인의 문제점을 일목요연하게 정리해보기로 했다. 몇 차례의 실패한 연애들이 남겨준 습관이었다. 비교적 허술한 경제관념, 비교적 불안정한 직장, 비교적 이해심 없는 성품, 비교적 의심스러운 바람기…… 여기서 '비교적'의 비교 대상이 누구인지는 불분명했다. 앞서 만났던 2번, 3번의 평균치일 수도 있고 친구들의 애인들일 수도 있다. 아직 만나지 못한 5번, 6번, 7번들에 비해서일 수도 있다. 또 누군가를 새로 만나 순서대로 다음 번호를 부여하고, 연애의 기승전결을 되풀이해야 한다는 데에 생각이 미치자 정신이 아득해졌다. 그러나 무엇보다 결정적인 한 가지가 있었다. 그 남자는 더이상 나를 사랑하지 않는다는 것. 그녀 자신의 마음이 어떤지는 어쩌면 중요하지 않은 문제였다. 그녀는 애초의 계획대로 이별을 진행시켰다. 그만두지 않으면 절대로 시작할 수 없다는 경구는 이 시대의 이십대 여성들을 매혹시키는 전언이었다.

현석의 전화를 받지 않는 방식으로 민아는 이제 그만두고 싶다는 의지를 드러냈다. 간접적이지만, 꽤나 효과적인 선언 방법이었다. 비겁한 행위라는 비난을 피할 수 없다는 사실을 잘 알았으므로 더욱더 침묵할 수밖에 없었다.

'또 왜 화가 났는데?'

현석이 보내온 문자메시지가 약해지려던 그녀의 마음을 확 다잡게 만들었다. 그녀는 한참 고민하다 답장을 썼다.

'다 죽어가는 나무한테 언제까지 물을 줄 건데?'

답이 곧 왔다.

'ㅋ'

민아는 그가 전송한 단 하나의 자음을 오랫동안 들여다봤다. 일주일 만에 전화가 걸려왔을 때 그녀는 휴대전화의 전원 버튼을 눌러 껐다. 현석이 관계의 끝을 잡고 집요하게 늘어질 리 없다는 걸 잘 알면서도 그렇게 했다. 하루 만에 전화기를 켰을 때, 그녀의 인생에는 아무 일도 일어나지 않았다. 또다시 소소한 하나의 연극이 막을 내렸을 뿐이다. 네번째 실연이었다. 어렵사리 민아는 다시 혼자가 되었다.

생일 밤, 시간은 자정을 넘어가려 하고 있었다. 그래도 4번까지 중에서 누구 하나쯤은, 생일 축하한다는 내용의 짧은 메시지를 보내올 만도 하지 않나, 그런 기대를 하는 자신이 참 바보 같다는 생각이 들었다. 씁쓸한 맛의 미소를 삼키며 그녀는 길게 하품했다. 겨우 이런 일로 상심할 필요는 없었다. 1번이나 4번이나, 헤어진 연인들은 다 하나나 마찬가지였다. 5번이 나타난대도 다르지 않을 이유가 어디 있단 말인가!

"백 번 싸워서 아흔아홉 번 이기면 뭐하냐. 마지막에 지면 끝인 거지."

준호의 친구 도영이 튀긴 닭다리를 뜯으며 자조적으로 말했다. 도영은 연애를 스포츠에 비유해 떠들어대기를 좋아했다. 그의 논리는, 연애란 결국 단 한 사람의 짝을 찾는 게임이라는 것. 그러니 화려한 개인기를 펼치며 이리 뛰고 저리 뛰고 하여 99승을 거두었다 한들 마지막 경기에 패해버리면 아무 소용도 없다는 거다. 하지만 아흔아홉 번을 줄기차게 져왔더라도 마지막 경기만 이기면 단번에 사랑의 승리자가 된다는 얘기였다.

"아 그렇잖아. 날 보라고. 항상 뭔가 차고 넘치는 것 같은데 알고 보면 왜 이렇게 실속이 없냐. 마지막 1승을 올리게 해줄 여자는 어디 있는 거지? 그럼 바로 은퇴해버릴 텐데."

도영이 은퇴해버릴 마음 따위는 전혀 없는 노장 프로레슬러처럼 유들유들 투덜거렸다.

"참, 내가 얼마 전에 만난 여자 얘기, 했나?"

도영이 손등으로 닭기름 번들대는 입가를 쓱 훔치곤 나이트에서 부킹한 여자와의 하룻밤에 대해 과장 섞인 에피소드를 늘어놓기 시작했다. 준호는 맥주를 들이켜며 친구의 이야기를 건성으로 들었다. 여자와 관련된 도영의 일화는 늘 비슷한 패턴으로 이어졌다. 예쁜 여자를 우연히 '꼬시는' 무용담으로 시작하여, 현란한 잠자리 기술로 그녀를 기절 직전까지 가도록 만들었으나, 아무래도 이번에도 역시 아닌 것 같다는 각성으로 끝을 맺었다.

"좀더 만나보지. 이번엔 또 왜?"

"똑같지 뭐. 몇 번이나 봤다고 조강지처처럼 굴어. 여자들은 왜 그러냐. 아가씨나 아줌마나 조금만 잘해주면 어찌나 집착을 해대는지."

의미 있는 관계를 지속하고 싶지 않은 상대에게 서슴없이 집착증이라는 진단을 내리는 건, 일말의 책임감과 죄책감조차 느끼고 싶지 않기 때문일 것이다. 준호는 수많은 여자들과 가

녑게 만나서 즐기고 헤어지는 친구의 연애 방식을 비난할 마음은 없었다. 그것은 도영의 프라이버시였다. 다만 그가 늘 눈알이 빠지도록 찾아 헤매고 있다고 주장하는 '궁극의 그녀'가 누구인지는 좀 궁금했다. 천신만고 끝에 그녀를 만나면 과연 친구는 지금껏 누려온 낮의 즐거움과 밤의 쾌락을 기꺼이 내려놓고 일부일처제의 지고지순한 수호자로 거듭날까?

한국 남자는 일반적으로 자신의 성생활에 대해 노골적으로 떠들어대기를 좋아하는 부류와, 그에 대해 전혀 입을 떼지 않는 부류로 나뉜다. 도영이 전자라면 준호는 후자였다. 특별히 그것이 사생활의 영역이라는 의식이 강해서만은 아니었다. 준호는 타인에게 둘만의 내밀한 몸짓과 언어를 단편적으로 까발리는 일이 어쩐지 부끄럽게 여겨졌다. 그 부끄러움은 상대 여성에 대한 배려의 감정과 맞물려 있었다. 둘 사이의 정서적인 앞뒤 맥락을 떼어버리고 섹스의 행위만을 뚝 잘라 공중에 내보이는 것은 상대 여성에게 무참한 폭력이 될 수도 있었다. 준호는 사랑하는 여자 혹은 한때 사랑했던 여자에게 그런 식의 모욕을 주고 싶지 않았다. 도영이 녀석도 궁극의 그녀를 만난다면 지금과는 달라질지 몰랐다.

사랑의 감정이 생기지 않는 여자와는 자지 않겠다는 것이 준호가 섹스에 대해 세운 유일한 기본 원칙이었다. 얼핏 당연하고 쉬워 보이는 그 원칙을 지키며 살아가는 일이 가끔씩 외계인의 비밀 업무처럼 느껴지기도 했다. 물론, 준호 역시 자신이 정해놓은 원칙에 완전무결하게 당당한 입장만은 아니었다. 그렇지만 적어도 실수를 반복하지는 않겠다는 자세는 가지고 있었다. 그렇다면 소라에 대해서는? 물론 한 시절 그녀를 뜨겁게 사랑했던 것은 틀림없지만, 마침내 둘이 첫 관계를 가지던 시점에도 그 감정이 유효했다고 하기에는 석연치 않은 것이 사실이었다.

소라가 불쑥 부대 면회실에 나타났을 때 준호는 많이 놀랐다. 소라에게 즉흥적으로 편지를 적어 보내고 여러 달이 흐른 뒤였다. 그는 편지를 보냈다는 사실마저 거의 잊어버린 상태였다. 소라는 그사이 많이 여위었고 그의 상상 속에서보다 더 피로하고 나이들어 보였다. 그녀가 먼저 말했다.

"잘 지냈어?"

"응. 너도?"

"그래. 나도 잘 지냈어."

왜 갑자기 여기까지 찾아올 마음을 먹었는지 물을 수가 없었다. 소라도 준호에게 왜 그렇게 도망치듯 입대해버렸느냐고 추궁할 의사가 없는 것 같아 보였기 때문이다.

"아까 면회 신청서에다 너랑 무슨 관계인지 쓰래서, 어떡할까 하다가 그냥 친구라고 했어."

"그랬구나."

그러고는 더 할 말이 없었다. 소라가 손에 들고 있던 것을 앞으로 내밀었다. 서울에서부터 들고 온 것일까. 그녀가 건네 준 상자 속의 피자는 딱딱하게 식어 있었다.

여자친구가 면회를 오면 병사에게 1박 2일의 외박을 주는 것이 육군의 관행이었다. 이미 늦은 오후였다. 그들은 부대 앞 읍내의 중국집에서 맛없는 탕수육을 시켜놓고 술을 마셨다. 튀긴 고기를 한 점 입에 넣기 전에 소라가 짧은 감사기도를 올렸다. 그 모습을 준호는 새삼스럽게 바라보았다. 저녁을 먹고 나서 그들은 골목 끝까지 같이 걸었고, 골목의 맨 끝집인 여관에 들어갔고, 같이 잤다. 처음에는 습관적으로, 아마도 달리 할 일이 없었기 때문에 키스를 시작했다. 그들은 우스꽝스럽도록 금방 달아올랐다. 어떻게 하다보니 그렇게 되었다는 표현 말고는 적절한 문장을 찾기 어려웠다.

얼떨결에 준호가 사정할 때까지 소라는 그의 몸 아래 깔려 가만히 있었다. 다행히, 일이 끝나고 난 뒤에 주기도문 같은 것을 외우지는 않았다. 방의 형광등 불빛이 대책 없이 밝았다. 준호는 천장 도배지에 묻은 연갈색의 둥근 얼룩을 물끄러미 올려다보았다.

그날이 끝은 아니었다. 소라는 이따금 면회를 왔고 그때마다 준호는 외박을 받았으며 그들은 골목 끝의 그 여관에서 같이 잤다. 우리가 뭘 하고 있는 거지, 같은 질문은 둘 다 입 밖에 내지 않았다. 어떤 방식의 맹세도 하지 않았다. 준호는 섹스 뒤에 밀려드는 나른하고 어슴푸레한 수치와 허무에 대하여 아무에게도 발설하지 않았다. 마지막 휴가를 나와 소라에게 연락하지 않았다. 그렇게 또다시 흐지부지되었다. 이제는 완전히 끝이라는 걸 둘 다 알았다.

그녀의 근황은 잊을 만하면 한 번씩 귀에 들려왔다. 이웃 동네에 피아노 학원을 차렸는데 꽤 잘된다는 얘기도, 회계산지 법무산지 하는 남자를 만났는데 남자 집에서 반대가 심해 마음고생을 한다는 얘기도 바람결에 전해 들었다. 좋은 소식일 땐 그저 무덤덤했으나 좋지 않은 소식일 땐 가슴 한쪽이 저릿해오기도 했다. 한 시절을 아주 가까이서 보낸 사람에게 그 정도의 마음이 드는 건 당연한 일인지도 몰랐다.

그 뒤로도 몇 명의 여자들과 만났다. 일 년에 두어 번은 꾸준히 소개팅을 했지만, 진지하게 사귀었던 여자들과는 그런 인위적인 경로를 통해 만난 것이 아니었다. 학교 후배이던 유경이나 회사 거래처 여직원이던 지선처럼 비교적 가까운 거리에서 호감을 느끼다 정이 들고 그러면서 자연스레 남녀관계로

발전하는 것이 지금껏 준호의 연애 패턴이었다.

호기심을 품고 상대를 관찰하던 초기 단계에서 여자도 자신을 특별한 눈으로 바라보고 있음을 알게 되는 순간, 긴가민가했던 그의 감정에 화락 불이 붙곤 했다. 반대로, 아무리 괜찮은 여자더라도 상대 쪽에서 자신에게 별 관심 없음을 알게 되는 순간, 풍선의 바람이 빠지듯 감정이 사그라졌다. 또 다치고 싶지 않다는 마음만이 그에겐 중요했다.

이제 얼마 후면 만 나이로도 서른이었다. 다시 한번의 연애를 위해 아무나 만날 나이는 아니었다. 그것이 반드시 결혼을 의미하는 게 아닐지라도 그는 이제 안정적인 상대와의 안정적인 소통을 희구했다. 마지막 여자친구였던 지선도 자기 인생에서 안정이 가장 중요한 가치라고 강조하곤 했다. 그녀가 말하는 안정의 의미와 자신이 알고 있는 의미가 서로 같지 않다는 것을 이별이 닥쳐서야 확인했다.

지선은 간단히 때우는 끼니라도 김밥 체인점에서는 먹기 싫다는 여자였다. 그녀를 만나는 동안 스멀스멀 가슴에 피어오르던 불안의 정체를 준호는 마지막에야 정면으로 응시할 수 있었다. 안락하고 깨끗한 서울 시내의 아파트와 중형급 자동차, 웬만한 사고로는 위태로워지지 않을 통장 잔고를 보유한 삶이 안정적이라는 지선의 의견에 그로서는 반박할 근거가 없었다. 그 앞에서 "내가 얘기하는 안정적 관계는 서로 힘을 북돋아주는 관계야"라고 하는 것은 얼마나 추상적이고 초라한가. 준호는 묵묵히 이별을 택했다.

"준호씨는 처음부터 그랬어."

마지막 싸움의 한복판에서 여자는 오래 참았다는 듯 내뱉었다.

"우리가 어차피 헤어지게 돼 있다는 걸 알고 있는 사람 같았다고!"

그녀의 말은 가혹하고 정확했다. 정확해서 가혹했다.

"아니. 아니야."

그는 더듬거리며 방어에 나섰다.

"네가 그렇게 생각하니까, 그렇게 보였던 거야."

간신히 말을 끝냈으나 허무하게 지고 말았다는 것을 잘 알았다. 혼자 지내는 일에는 오래 지나지 않아 그럭저럭 적응했다. 아무 약속도 없는 주말은 시간이 느리게 흘렀다. 그런 밤엔 가족 단위 쇼핑객들로 북적이는 대형 마트에 갔다. 입술을 굳게 다문 삼십대 가장들이 피로를 감추지 못하는 표정으로 쇼핑카트를 밀고 지나갔다. 열 중 예닐곱은 카트에 아이를 태우고 있었다. 그 사이를 홀로 떠돌며 그는 세계 각국의 병맥주들을 하나씩 카트에 담았다. 맥주를 마시면서 새벽까지 영화를 다운받아 보거나 대여점에서 빌려온 만화책을 읽었다. 일요일엔 정오가 다 되도록 늦잠을 잤고, 교회에 간 어머니가 준비해둔 된장찌개를 가스레인지에 데워 먹거나 계란 두 개를 넣고 라면을 끓여 먹거나 삼선짬뽕을 시켜 먹었다. 누군가 외롭지 않으냐 물어오면 "뭐 그렇죠"라고 대답하는 것은 일종의 관성 때문이었다. 외롭다는 감정과 심심하다는 감정이 어떻게 다른지 사람들은 정확히 구별해낼 수 있을까 간혹 궁금해졌다.

"딱 한 잔씩만 더 먹고 가자."

도영의 말에 못 이기는 척 앉았다가 열시 넘어 자리에서 일어났다. 집 앞 골목 어귀를 휘적휘적 걸어 접어드는데 재킷 주머니 속에서 전화가 울렸다. 알고 지내는 후배 녀석이었다.

"형. 혹시 그새 여자친구 생겼어요?"

"아니."

"잘됐다. 그럼 소개팅하실래요?"

그는 전화기를 고쳐 잡으며 길 한가운데 우뚝 멈춰 섰다. 보름달이었다.

“그들은 왼손과 오른손을 잡은 채 밤길을 걸었다.
누가 왼손이고 누가 오른손인지는 중요하지 않았다”

기다리다

만나자마자 그들이 함께 한 일은, 기다리기였다.

곧 좌석이 날 것 같다는 웨이트리스의 말과 달리 빈자리는 좀처럼 생기지 않았다. 대기석 벤치는 둘이 나란히 앉으니 전혀 여유가 남지 않을 만큼 좁았다. 그들은 어깨를 스치거나 입김이 부딪치지 않도록 조심하면서 가만가만 이야기를 나누었다.

"토요일 저녁이라 그런가봐요."

"죄송해요."

경험에 의해, 준호는 사과부터 했다.

"기다리시게 해서. 제가 미리 예약이라도 해뒀어야 하는데."

민아가 손사래를 쳤다.

"어머 아니에요. 그리고 여긴 예약도 안 받을 것 같은데요."

"다른 곳으로 잡을걸 그랬나봐요."

"아니요, 괜찮아요."

여자가 입가와 눈가에 미소를 띠고 말했기 때문에 준호의 마음은 한결 편안해졌다. 민아가 조그맣게 덧붙였다.

"전 정말 아무렇지도 않아요. 그리고 이런 것도 독특하고, 재미있네요."

재미있다니. 그 표현을 하자마자 민아는 후회했다. 그녀는 그저 예상치 못한 상황 앞에서 난감해하고 있는 이 남자에게 그러지 않아도 된다는 뜻을 전달하고 싶었다. 하지만 너무 나간 것 같았다. 재미라니. 부적절하고 과장되고 엉뚱하게 들렸을 것이다. 종종 깊이 생각하기 전에 먼저 입으로 내뱉어버리는 습관은 그녀가 고치고 싶어하는 것이었다.

훗날 그들은 첫 순간을 회상하며 그때 우리가 왜 거기를 나와 다른 장소로 옮기지 않았나 의아해한 적이 있다. 결론은 '같이 앉아 있는 것보다 같이 걸어가는 게 더 어색할 것 같아서'였다. ("그런데 그렇게 어색했었어? 난 안 그랬는데." "나도. 만난 지 몇 분 안 됐는데도 이상하게 아주 오래 알아온 사람 같더라.")

그들은 사이좋게 명함을 교환했다. 웹에이전시 기획팀이라는 타이틀이 붙은 준호의 명함을 보고 민아는 "와, 일이 정말 재미있을 것 같네요"라고 했고, 준호는 언젠가 이름을 들어본 적이 있는 것도 같고 없는 것도 같은 그녀의 직장에 대해 "좋은 회사 다니시네요"라고 화답했다.

첫 이십 분, 벤치의 대화는 머뭇머뭇 끊이지 않고 이어졌다. 그들은 비교적 정중한 높임말로 대화하였는데 그것은 이 만남이 어엿한 어른과 어른 간에 이루어지고 있다는 자부심을 주었다. 자리가 나기를 기다리는 동안 그들은 서로에 대한 몇 가지 정보를 얻게 되었다. 민아는 주선자인 경수와 고등학교 동창이었고, 준호는 그와 가까이 알고 지내온 선후배 사이였다.

이 과정에서 그들이 이십여 년 넘게 행정구역상 같은 동에 살아왔으며, 서로의 집이 버스로 두 정거장 거리에 있다는 것이 밝혀졌다.

"국민은행 뒤쪽 잘 알아요. 친한 친구 녀석이 그 버스정류장 앞 평화약국집 아들이거든요. 요즘도 거기 상가 지하 호프집에 가끔 가요."

"어머 정말요? 신기하다. 그 건물 저도 자주 가요. 아까도 볼일 좀 보느라 잠깐 들렀고, 맞다, 거기 약국 옆 분식집 김치만두 굉장히 유명하잖아요."

"네, 맞아요. 몇 번 먹어봤는데 맛있더라고요."

그들은 아주 빨리 공통의 화제를 찾아냈다는 데 안도했다. 동네 이야기는 그들에게 안전하다는 느낌을 불러일으켰고 친밀함의 밀도를 급격히 높여주었다. 최소한 서로가 완전한 '남'은 아니라는 것이 확인된 것이다. 공통점들은 점점 더 많이 발견됐다. 예를 들어 지하철 출퇴근.

"그럼 꽤 오랫동안 같은 방향으로 다녔을 텐데 어떻게 한 번도 못 봤을 수가 있죠, 신기해라."

"마주쳤어도 당연히 못 알아봤겠죠. 서로 모르는 사이였으니까."

"아 그렇겠네요, 정말. 하긴 저는 지하철에서 남동생을 못 알아본 적도 있어요. 동생은 제가 일부러 모른 척하는 줄 알았대요. 원래 어디 다니면서 사람들 잘 안 쳐다보거든요. 그냥 아이팟 꽂고 책 읽어요. 창밖을 보거나.”

“저랑 비슷하시네요. 주로 어떤 음악 들으세요?”

“오가면서 듣기엔 무겁지 않은 모던록이 좋은 것 같아요. 델리스파이스나 언니네이발관 같은.”

“어, 언니네이발관 저도 좋아해요. 특히 2집.”

“어, 저도 그런데. 뭐 2집이 별로라는 사람들도 많지만요. 사람들이 취향 특이하다고 안 해요?”

“제 주변에는 언니네가 누군지 아는 애들이 별로 없어서요.”

준호가 말하자 민아가 고개를 커다랗게 끄덕였다.

“어머 저도요. 제 주위도 그래요.”

언니네이발관 2집을 명반으로 꼽은 데에 이어 둘은 그중에 가장 좋아하는 곡에 대해 또 한번 기적적으로 의견 일치를 보았다.

“어떤날이 좋다는 사람 정말 처음 봐요.”

“아주 예전 밴드 중에 어떤날이라고 있었거든요. 언니네이발관 이석원씨도 혹시 나처럼 그 밴드를 좋아해서 어떤날이라는 제목을 붙인 건 아닐까, 혼자 생각한 적도 있어요.”

“어, 그 어떤날을 아시네요. 세상에. 저 어떤날 아는 사람

처음 봐요. 한때 진짜 좋아했는데."

그들 세대의 보편적 정서에 비해 어느 정도 독특하지만 그
렇다고 대단히 특별하달 것도 없는 음악 취향은, 두 사람 사이
의 유사성을 강조하는 힌트가 되어 그들을 달뜨게 했다. 웨이
트리스가 꽤 한참 만에 다가왔을 때 둘은 시간이 얼마나 지났
는지 확인하지 않았다. 그들은 이층 구석에 난 빈자리로 안내
되었다. 이인용 탁자에 마주앉아서야 준호와 민아는 비로소
서로의 정면을 보았다.

준호의 눈에 여자는 예쁘장하고 순수해 보였다. 밑단을 살
짝 구불구불하게 만 헤어스타일은 그가 좋아하는 것이었는
데, 눈 코 입이 동글동글한 그녀의 얼굴 생김과 썩 잘 어울렸
을뿐더러 그녀의 이미지를 더욱 여성스럽게 만들고 있었다. 패
션에 관심 많은 또래의 여자들에게는 약간 촌스럽다는 평가
를 들을지도 모를 봉긋한 퍼프소매의 원피스도 그의 눈에는
깜찍해 보였다. 민아가 내내 마음에 걸려했던 눈썹 모양에는
아무 관심도 없었다.

민아에게 준호는 반듯하고 단정한 남자로 보였다. 간혹 유
약한 인상이라는 평가를 받곤 하는 그의 높지 않은 코와 조금
처진 눈매에서 그녀는 선량함의 흔적을 읽었다. 은색의 얇은
안경테와 흰 셔츠에 받쳐 입은 진초록 카디건에서는 유난하진

않아도 자연스럽게 몸에 밴 패션 센스가 느껴졌는데, 그 안경 테가 지하철역 가판대에서 고른 삼만 원짜리임을, 그 카디건이 셔츠의 얼룩을 가리기 위해 급조된 것임을 알지 못했다. 알았더라도 달라지는 건 없었을 테지만.

잠깐의 침묵이 테이블 사이에 가로놓였다. 짧고 깊은 정적은 두 사람이 불과 이십여 분 전 처음 만난 관계임을 다시금 인식하게 했다. 둘은 조금 전 자신들이 지나치지는 않았는지를 염려했다. 메뉴판이 왔다. 그들은 개성을 과하게 드러내지 않으려 노력하면서 조심스럽게 저녁식사 음식을 골랐다. 그들은 준호의 제안으로 샐러드를 주문해 나누어 먹었다. 민아는 이 남자가 관대하기까지 하다고 생각했고, 준호는 이 여자가 소탈하기까지 하다고 생각했다. 그들이 함께한 첫번째 끼니였다.

남녀의 첫 만남 뒤에 언제쯤 연락하는 것이 바람직한가에 대한 연구 보고서 같은 것은 존재하지 않는다. 다만 이 도시의 젊은이들 사이에 통용되는 타이밍에 대한 보편적 규칙은 있었다. 열 살짜리 아이조차 주머니에 휴대전화를 넣고 다니게 된 2000년대 이후론 그 간격이 터무니없이 짧아진 것만은 분명했다. 심지어 이제는 스마트폰을 손안에 쥐고 다니는 시대다. 통화뿐만 아니라 문자메시지도, 이메일도, SNS도, 스마트폰 전용 메신저 서비스도 실시간으로 확인할 수 있다. 마음은 손가락 끝에 존재하고 있다. 여자들은 그 어떤 개인 휴대기기도 존재하지 않던 시대보다 수십 배 빠른 속도로 불안에 빠져들었다.

일요일이 지나고 월요일 퇴근 시간이 다 되도록 준호로부터는 아무런 연락이 오지 않았다. 그사이 민아의 감정은 변화무쌍하게 흔들렸다. 지난 토요일 저녁과 밤, 그들이 함께 보낸 시간 동안 제법 먼 곳까지 함께 걸었다는 이상한 확신이 있었으므로 민아의 당혹스러움은 더 컸다. 어쩌자고 그 느낌이 혼자만의 것이 아니라고 믿었던가. 당혹은 곧 배신감으로 바뀌었다.

실제로 첫 만남에서 상대 여성에게 마음을 빼앗긴 척 일부러 가장하는 남자들이 있었다. 그들의 목적이 무엇인지 여자들은 모른다. 그 순간에 매너 있는 남자로 보이고 싶어서인지 아니면 다른 무슨 심리적 요인이 있는지. 여자들은 그저 면전에서 호감을 표현했던 것과는 달리 돌아서는 순간 연락을 뚝 끊어버리고 만 남자의 심리 기저에 대하여 이리저리 분석하고 추리하고 예단하다가 이내 절망해버리는 것이다.

그녀 쪽에서 먼저 문자메시지라도 보내겠다는 생각을 안 해본 건 아니었다. 그렇게 하지 않은 것은 '그렇게까지 하고 싶지 않아서'였다. 그것은 스스로에게 하는 다짐 같은 것이었다. 이

틀은 객관적으로 길다고 말할 수 없는 기간이었다. 분노하기에도 포기하기에도 타당하지 않은 너무 짧은 시간이었다. 민아도 그것을 잘 알았다. 그러므로 그 사흘간 민아가 쏘아댄 날카로운 화살의 대부분은 자신을 향한 것이었다. 또 한번 착각하다니. 또다시 꿈을 꾸려 하다니. 멍청하고 우둔하기 이를 데 없었다.

화요일 아침이 되자 그녀는 씁쓸하게 패배를 인정했다. 화요일 오전 여덟시 십오분, 출근을 위해 지하철역 플랫폼에서 열차를 기다리는 동안 민아는 전화기를 꺼내 들었고 이윽고 번호 삭제 버튼을 눌러 이준호라는 이름을 지워버렸다.

'우리 다음에 언제 볼까요?'

답장은 한 시간 넘도록 오지 않았다. 준호는 그사이 야근을 위해 회사 근처 식당에서 저녁으로 시킨 순두부찌개를 다 먹었고 자판기의 맛없는 밀크커피를 마셨다. 한 시간이 지나고 두 시간째에 접어들 무렵 그는, 대체 왜 이런 상황을 예상하지 못했는지 자문했다. 토요일 저녁 내내 여자로부터 그가 마음에 안 든다는 제스처를 감지한 적이 없었다. 그저 그뿐이었던 것이다. 마음에 안 들지 않는다는 것이, 마음에 든다는 것과는 다른 이야기임을 그는 이제 깨달았다. 곧바로 떠오른 감정은 아쉬움이었다.

　첫눈에 사랑에 빠졌다거나 그 여자 없으면 죽어도 안 될 것 같다거나 하는 강렬한 열정과는 달랐다. 그녀와 같이 보낸 시간은 기분 좋을 만큼의 따뜻한 온도로 기억에 남아 있었다. 그녀를 한 번 더 보고 싶었고, 조금씩 더 알아가고 싶었다. 적어도, 그녀를 계속 만나보고 싶다는 감정만은 진심이었다. 그런데 그 여자는 그렇지 않다니, 속상했다. 그러다 뒤이어 닥친 감정은 의구심이었다. 하룻저녁 겪어본 박민아라는 사람은 보기 드물게 사려 깊은 여자였다. 무슨 근거에서냐고 묻는다면 자박자박 논리적인 이유를 대기는 어려울 것이다. 그렇지만 설명할 수 없는 믿음이 있었다.

　그날 식사를 함께하고 커피를 마시기 위해 자리를 옮겼다. 셀프 시스템으로 손님이 주문대에서 직접 오더를 해야 하는 곳이었는데 민아는 당연하다는 듯 지갑을 꺼내 들곤 주문대로 다가갔다. 씩씩한 걸음걸이였다.

　"뭐 드실래요?"

　첫 만남에서, 겨우 두번째 계산대 앞에서 흔쾌히 지갑을 여는 여자는, 짐작만큼 흔하지 않다. 일인당 오천 원가량인 음료 가격의 문제가 아니었다. 준호가 서둘러 제 지갑을 꺼내자 그녀는 가벼이 웃으며 그를 제지했다.

"밥이 훨씬 더 비쌌는데요, 뭘."

그에게 인상적으로 각인된 것은 그녀가 기꺼이 지불한 오곡 곡물라떼 한 잔의 가격이 아니었다. 아무렇지도 않다는 듯 상대를 배려하는 그 특유의 싹싹하고 밝은 태도였다. 준호가 실수로 물을 쏟았을 때도 마찬가지였다. 그가 팔꿈치로 건드리는 바람에 물잔이 엎질러졌고, 찬물은 순식간에 민아의 무릎에까지 흘러내렸다. 그가 어쩔 줄 몰라 허둥대자 민아는 냅킨을 손에 쥐곤 스커트의 물기를 아무렇잖게 툭툭 닦아냈다.

"어떡해요."

"괜찮아요. 뜨거운 커피도 아닌데요, 뭘."

"그래도 죄송해요. 제가 원래 이런 실수 잘 안 하는데."

"어머, 저는 만날 그래요. 오늘 어쩐 일로 제가 얌전하니까 준호씨가 대신 하셨나봐요."

"옷 드라이해야 하는 거 아니에요?"

"아니에요. 그냥 집에서 살살 손빨래하면 되고, 또 이건 물이라서 마르면 표시도 안 나요."

타인의 실수에 대해 그만큼 너그러운 배려로 감싸주던 여자였다. 준호는 두 손을 깍지 끼고 길게 기지개를 켰다. 다시 전화기를 들여다보았다. 아쉬움이 사라지지 않았다. 아무리 생각해봐도 무례함과는 거리가 먼 여자였다. 상대가 마음에 들지 않았더라도, 악의 없는 정중한 문자메시지에는 어쨌거나 짧은 답장이라도 보내올 사람이 분명했다. 그의 의구심은 곧 염려로 바뀌었다. 이제 그는 그녀를 걱정하기 시작했다.

그사이 혹시 여자에게 무슨 큰일이 생겼는지도 몰랐다. 그의 상상 중에서 가장 안전한 상황은 여자의 전화기가 고장났다는 것이었다. 차라리 전화를 해볼까 망설이다가 그는 자신에게 불현듯 놀랐다. 자신의 사고회로가 여느 때와는 확연히 다른 방식으로 작동되고 있었던 것이다. 평소였다면 문자를 보내고 답이 없는 십 분 사이에 이미 박민아라는 여자에 대한 관심을 거두려 애쓰고 있었을 터였다. 전화기의 터치 버튼을 바라보며 그는 조그맣게 한숨을 내쉬었다. 통화 버튼 위에서 잠시 멈칫거리던 검지를 이윽고 접었다. 만약 그녀가 받지 않는다면? 그는 결론을 잠시 유보하기로 했다.

기적의 비용

운명은 종종 콧등을 찡그리며 짓궂게 웃는다.

그들이 다시 만난 것은 어이없게도 그로부터 사흘 만이었
다. G마켓에서 이만 원에 구입한 먹색 추리닝은 밤 열시, 집에
서 오 분 거리의 동네 도서대여점에 들르기에 전혀 손색없는
차림이었다. 그곳에서 그 남자와 맞닥뜨리기 전까지 민아는 한
점 의혹도 없이 그렇게 믿었다.

가게의 문을 밀고 들어서는 순간, 계산대 앞에 서 있던 사
람과 정면으로 눈이 마주쳤다. 서로의 존재를 외면할 수 없는
위치였다.

"어, 안녕, 하세요."

남자가 중간중간 반 템포씩 쉬면서 인사했다.

"아, 네, 안녕하세요."

민아는 꾸벅 고개를 숙였다.

"여기는 어쩐 일이세요?"

"아, 네, 저기, 뭐 좀 빌릴 게 있어서."

"아, 네, 저는 반납할 게 좀 있어서."

민아는 침착한 척 종이 쇼핑백에서 만화책들을 꺼내어 계
산대 탁자 위에 올려놓았다. 준호가 쑥스러운 듯 반가운 듯
알은체를 했다.

"어 그거, 재미있는데. 완결 아직 안 됐죠?"

민아는 저도 모르게 쿡 웃음을 삼켰다. 괜찮으면 커피 한잔 하시지 않겠느냐고 준호가 물어왔을 때도 또 한번 웃음이 났다. 커피나 한잔하시자는 청유형 문장의 고전적인 어감 때문이기도 했고, 그 말을 하는 남자의 너무도 조심스러운 어투 때문이기도 했다. "그럴까요, 그럼"이라고 대답하는데 이상하게 마음이 가벼웠다. 그나마 화장은 지우지 않았으니 다행이라는 생각이 들었다.

예정되어 있던 회식이 부장의 급작스러운 복통으로 취소되지 않았더라면, 무료하게 텔레비전 리모컨을 만지작거리던 중에 걸려온 도서대여점의 반납 독촉 전화가 아니었더라면 그 밤에 민아가 추리닝 차림 그대로 대문을 나설 일은 없었을 것이다. 대여점에서 집요하게 독촉 전화를 해온 것은 이미 오래 전부터였다. 만화책을 반납하지 않은 지 한 달이 넘어섰다고 했고, 신간이기 때문에 연체료가 많이 나올 거라고 했다. 그때마다 민아는 미안해하며 사과했지만 그곳까지 가는 일은 차일 피일 미루어졌다. 다분히 즉흥적으로 책을 빌려올 때의 마음과, 일부러 시간을 내어 그것을 가져다주어야 한다는 의무감은 전혀 다른 것이었다. 사랑이 저물어갈 때의 마음이 그것을 시작할 때의 마음과 전혀 다른 것처럼.

그들이 동네 어귀의 테이블 세 개짜리 작은 커피전문점에 들어서자 여주인이 "어머, 막 닫으려고 했는데"라며 말끝을 흐렸다.

"테이크아웃은 해드릴 수 있어요."

얼떨결에 종이컵 하나씩을 받아들고서 민아와 준호는 나란히 길 위에 섰다. 그때 그들은 어디로든 갈 수 있었고 어디로도 가지 않을 수 있었다. 누가 먼저랄 것도 없이 민아와 준호는 봄밤 속으로 함께 걸음을 내디뎠다. 처음 보는 별들이 뒤를 따라왔다.

세번째 데이트는 그다음 토요일에 했다. 오후 두시 동네 지하철역 앞의 커피숍에 먼저 도착한 준호는 창밖이 바라보이는 자리에 앉았다. 하늘은 높고 성글게 뭉친 흰 구름들이 천천히 흘러갔다. 오랜만에 밖으로 들고 나온 카메라 가방을 옆자리에 올려놓고 그는 그녀를 기다렸다. 햇빛이 쨍했다. 사진 찍기 좋은 날씨였다. 오래 별러온 새 렌즈를 이번 봄에는 꼭 장만하겠다고 결심했다. 오늘은 조금 멀리 소풍을 나가도 좋을 것 같았다. 저녁이 되면 함께 술을 마셔야겠다고 생각했다.

"두번째 가는 거예요."

동인천행 경인선 급행열차가 막 출발했을 때 준호가 말했다.

"대학에 떨어졌을 때였어요. 친구가 월미도라는 델 가보자고 했어요. 따라나섰죠. 어차피 갈 데도 없고. 그때까지 저는 거기가 섬인 줄 알았어요.”

“신기하다. 나도 그랬는데.”

“섬이 아니더라고요. 아침인데 날은 너무 춥고 아무 데도 문을 안 연 거예요. 친구는 기다렸다가 놀이기구 타고 가자는데.”

“디스코팡팡.”

“안 탔어요. 편의점에서 컵라면 하나 먹고, 갈매기 나는 거 한참 쳐다보다가 돌아왔어요, 그냥.”

“쓸쓸했겠다.”

민아가 중얼거렸다. 그녀의 목소리로 듣자 그때 느꼈던 감정이 정말로 쓸쓸함이었다는 것을 알았다. 그들은 항생제 맛이 나는 비싸고 싱싱하지 않은 생선회를 먹었고, 바다 위로 저무는 저녁놀을 함께 앉아 지켜봤고, 나란히 놓인 네 개의 발과 두 켤레의 신발을 사진으로 남겼다. 디스코팡팡은 타지 않았다. 낯선 높이에 매달린 소녀들이 내지르는 까마득한 비명 소리를 들었다. 그날은, 처음 손을 잡은 날로 둘만의 역사에 기록될 것이었다.

두 개의 서로 다른 포물선들이 공중에서 조우해 마침내 하나의 점點으로 겹쳐진 순간에 대하여, 그 경이로운 기적에 대하여 어떻게 탄성을 터뜨리지 않을 수 있을까. 이 세계에서 기적은 종종 태연한 일상의 방식으로 구현되곤 했다. 이제 막 사랑을 시작한 젊은 연인에게 한없이 평범해 보이는 매일의 일상, 그 틈새에 숨겨져 있는 치명적인 운명의 조각들을 찾아내는 일은 경이로운 놀이였다. 그 신비롭고 아름다운 우연의 세목들을 하나하나 헤아려보다가 자신들이 마침내 지금 여기 함께 있다는 사실은 진실로 기적이 아닐 수 없다고 그들은 감격했다.

사랑의 초기에 그들은 함께 들어선 이 성스러운 오솔길의 입구를 즐거이 복기하곤 했다. 입구에서 이미 한참이나 지나왔다는, 다시 입구까지 쭉 미끄러지는 퇴행은 없을 거라는 무언의 합의가 둘 사이를 팽팽히 조이고 있어야만 가능한 유희였다. 출구까지의 남은 거리에 관해서는, 아니, 그들이 움직이는 방향 끝에 필연적으로 놓여 있을 출구의 존재에 관해서는 아예 떠올리지 않았다.

단 한 조각만 부족해도 수천 피스의 직소퍼즐은 완성되지 못한다. 그들을 한데 묶어준 운명도 그런 것 같았다. 우선, 그들을 연결해준 경수라는 공통분모가 없었다면 그들은 여전히 동네의 여러 모퉁이들─신간이 제일 빨리 입고되는 도서대여점과, 지하철의 종로 방향 플랫폼과, 김치만두가 맛있는 분식

집 같은 곳에서 무심히 스쳐지나고 있었을 것이다.

"경수는 왜 우리 둘이 어울린다고 생각했을까?"

"몰라. 그냥 머릿속으로 둘이 같이 있는 그림이 그려졌대."

민아는 경수에게서 들은 이야기를 했다. 동창 모임이 있던 날, 경수는 원래 거래처 직원과 선약이 있었다고 했다. 약속 장소로 가고 있는데 만나기로 했던 사람이 다급한 목소리로 전화를 걸어왔다는 것.

"그 거래처 사람 부인이 임신중이었는데, 교통사고가 났다는 거야. 고속도로에서 트럭이 갑자기 뒤를 들이받았대."

임신부가 타고 있던 차는 크게 부서졌고, 그녀는 가까운 병원으로 실려갔다.

"부인에게 급히 가느라 경수와의 약속은 취소. 그래서 경수가 예정에 없던 우리 쪽 모임에 나오게 됐대."

만약 그날 트럭 운전수가 휴게소에서 이른 저녁식사를 하지 않았더라면, 식사에 곁들여 반주를 마시지 않았더라면 깜빡 조는 일은 없었을 것이고, 앞에 가는 소형차를 들이받는 일도 일어나지 않았을 것이다. 아내가 트럭에 들이받히는 사고를 당하지 않았더라면, 그 거래처 직원은 예정대로 경수와 비즈니스 상담을 했을 것이다. 그랬다면 경수와 민아가 오랜만에 만나는 일은 없었을 테고, 민아가 경수에게 자신의 이상형에 대해 말하는 일도 없었을 것이다.

"하나하나 따져보면 참 묘하지. 일이 겹치고 겹쳐서."

준호는 잠깐 동안의 정결한 침묵 속에서, 낯모르는 임신부의 차를 들이받은 트럭 운전수에 대해 생각했다. 그 사내는 순간적인 부주의함의 대가로 비척지근한 냄새나는 짐 보따리를 오랫동안 감당해야 할 것이다. 그리고 자신이 일으킨 사고 때문에 결국 사랑에 빠지게 된 연인의 사정에 대해서는 영원히 알지 못할 것이다.

"그래서 어떻게 됐대?"

"응?"

"사고 당한 임신부와 아기, 괜찮았을까?"

"글쎄, 그러고 보니 궁금하네. 나중에 경수 만나면 한번 물어봐야겠다."

준호가 가만히 민아의 손을 잡았다. 그들은 왼손과 오른손을 잡은 채 밤길을 걸었다. 누가 왼손이고 누가 오른손인지는 중요하지 않았다. 별은 높이 반짝이고 봄꽃들이 뿜어내는 향내는 아스라했다. 귓가에 종소리가 잘랑거리는 밤, 저 우주 만물 사이에 작동하는 오묘한 섭리 앞에 무릎 꿇고 고해성사를 바치고 싶어지는 밤, 봄밤이었다.

자발적 오독

매일 만나진 못하지만 늘 만나고 싶은 연인에게 집이 가깝다는 것은 크나큰 축복이다. 그들의 데이트 마무리는 언제나 민아의 집 앞이었다. 대문이 바라다보이는 골목 안쪽에 들어서도 그들이 나누던 이야기는 끝나지 않을 적이 많았다. 말은 언제나 흘러넘쳤다. 그들은 말하고 또 말했다. 사랑할 사람을 찾아 헤매었던 유일한 이유가 마치 자기의 이야기를 들어줄 사람이 없어서였다는 듯.

둘만 사용하는 공동 이메일 계정을 만들자는 제안을 한 사람은 민아였고 즉시 메일을 새로 개통하고 'minainjuno'라는 감미롭거나 간지러운 아이디를 정한 사람은 준호였다. 그들은 오늘 느꼈던 설렘과 매혹과 갈망에 관하여, 그리고 내일까지 기다리지 못하고 털어놓고만 싶은 사랑과 확신에 관하여 썼다. 편지에 가장 자주 등장하는 표현은 '고맙다'는 말이었다. 그 앞에, 다시는 못할 줄 알았는데, 가 생략되어 있었다. 문어체를 사용한 편지의 교환은 둘의 관계에 고전적인 의미에서의 돈독함을 부여했고, 그들은 죽은 코끼리들의 상아를 쌓아 은 폐된 둘만의 성城 짓기에 몰두했다.

만나지 못하는 날은 잠들기 전까지 긴 통화를 했다. 얼굴을 대면하지 않고 나누는 언어, 귓속에서 속살거리며 울려퍼지는 언어는 잠시의 빈틈이나 어색한 공백 없이 물밀듯 밀려들었다.

이제야 이런 상대를 만나게 되다니, 그들은 한탄했다. 조금만 더 빨리 만났더라면 하는 아쉬움을 토로하다가 이내 더 늦지 않게 만나게 된 데에 감사했다. 종교의 위대한 교리에 막 눈뜬 초보 교인들처럼 그들의 감사기도는 내세 혹은 영원에의 기원으로 귀결되었다.

첫 키스는 다섯번째 만난 날 했다. 상대를 향한 갈망에 비하면, 빠르지 않았다. 그들은 떨면서 서로를 껴안았다. 치아와 혀뿌리, 잇몸에서 풍기는 짭조름한 땅콩 냄새가 그들의 욕망을 자극했다. 민아는 조마조마한 마음으로 하나 둘 셋 숫자를 셌으며, 긴 키스가 끝나고 난 뒤 심장이 터져버릴지도 몰라 준호는 한 손으로 가슴을 꾹 눌러야 했다. 그날 밤 그들의 육체는 가까스로 떨어져 각자의 집으로 돌아갈 수 있었다.

어떤 관계에서든 더 많이 말하는 사람은 있다. 연인들은 필연적으로 역할을 선택해야 한다. 굿 스피커가 될 것인가 아니면 굿 리스너가 될 것인가. 말할 것인가, 들을 것인가. 던질 것인가, 받을 것인가. 그들이 서로에게 매혹된 원인은, 각각 상대방이 아주 훌륭한 청자聽者라고 믿었기 때문인지도 몰랐다.

민아에게 준호는 어떤 말이든 다 들어주는 사람, 즉 받아주는 사람이었다. 여느 여자들처럼 민아도 하루의 일상에서 일어난 일들을 조잘조잘 풀어놓기를 좋아했다. 출근길 옆자리 중년 남성의 우스꽝스러운 헤어스타일에 대하여, 점심 메뉴를 놓고 벌어진 회사 선배와의 소소한 갈등에 대하여, 어머니가 세탁기에 잘못 돌려 열 살 아이 옷처럼 줄어버린 니트 스웨터에 대하여 그녀는 열띠게 말했다. 준호는 열심히 들어주었다. 어떤 남자들처럼 귀찮다는 듯 건성으로 대하지 않았고, 또다른 부류의 남자들처럼 어줍은 충고를 툭툭 던지려들지도 않았다. 그는 다만 따뜻한 표정으로 경청함으로써, 그녀로 하여금 제가 하는 말을 제 귀로 차분히 들을 수 있도록 도와주었고 그리하여 상황을 객관적으로 다시 바라볼 수 있도록 했다.

둘 사이의 대화를 양적 측면에서 보면, 민아가 월등히 더 많이 말하는 것만은 분명했다. 그렇지만 민아처럼 시시콜콜하진 않아도 준호 역시 제법 여러 가지 것들을 연인에게 말했다. 준호는 민아를 만나고 나서 자기가 과거의 여자친구들에게 얼마나 무뚝뚝했었는지를 알았다. 그건 민아라는 여자를 통해 과거의 그녀들이 얼마나 무성의한 청자였는지를 뒤늦게 깨달았다는 것과 동의어이기도 했다. 그가 어떤 화제를 꺼내든 민아는 아주 흥미롭다는 반응을 보였고 적절한 리액션을 가미하여 지금 당신의 언어에 몰두하고 있음을 증명해 보였다. 무엇보다 그녀는 그가 우습지 않은 농담을 던져도 가장 크게 웃는 사람이었다. 남자로 하여금 스스로가 중요한 존재라고 믿게 만드는 여자. 민아가 준호에게 그랬다.

왜 군대 이야기는 하지 않느냐고 언젠가 그녀가 물은 적이 있다. 준호는 그 말을 듣고야 제가 그랬다는 걸 알게 됐다. 그녀하고는 좋은 것만 나누고 싶다는 마음 때문일 터였다.

"말했잖아. 육군 보병이었다고. 병장 만기제대."

"그런 거 말고."

"그럼?"

"혼자 울었던 밤 같은 것."

"음…… 손톱?"

"손톱이라고?"

"아무한테도 얘기한 적 없는데. 나 어릴 때부터 손톱을 아주 바짝 깎아. 그러지 않으면 물어뜯으니까. 긴장하거나 불편하면 나도 모르게 손톱을 씹는 버릇이 있었거든."

"미안해. 난 몰랐어."

"바보. 자기가 왜 미안해? 막 일병 달았을 때쯤 행군을 나갔어. 장마철이었는데 길에 앉아 점심을 먹었지. 식판에 막 빗물이 들이쳤어. 그때 무심코 내 손을 보게 됐는데 손톱이 어느 틈엔가 이만큼 길어버렸더라. 그 밑에 새까맣게 때가 끼어 있었어. 물어뜯을 정신도 없이 살고 있었던 거야. 조금 눈물이

났어. 입대하고 처음으로…… 그게 내 군대 얘기야.”

다음번 만났을 때 민아는 작은 상자 하나를 내밀었다. 뚜껑을 열어보니 반짝반짝 빛나는 은색 손톱깎이가 들어 있었다.

“우리나라 제품 중에선 제일 좋은 거래. 인터넷 다 뒤져서 찾아낸 거야.”

민아가 어깨를 으쓱대는 시늉을 했다. 준호가 그녀의 코를 손가락 끝으로 꼬집었다. 그는 여자친구의 머리를 천천히 쓰다듬어보았다. 그녀의 헤어스타일은 처음 만났을 때와는 사뭇 달라져 있었다. 구불구불한 웨이브 대신 언제나 간편하게 포니테일로 묶고 다녔다. 소박했지만 그의 눈에는 처음보다 훨씬 예뻐 보였다.

준호의 가슴속에 한 번도 가져본 적 없는 꿈이 한 톨 피어올랐다. 이 사람에게라면, 곧 더 깊은 이야기도 털어놓을 수 있을지 몰랐다. 가족에 대한 이야기까지도. 달콤한 케이크 위에 사뿐 올라앉은 체리뿐만 아니라 오븐에서 너무 늦게 꺼낸 식빵의 가장자리처럼 누추한 삶의 모서리까지도 사이좋게 나눠 먹을 수 있는 사람. 태어나서 처음으로 그는 자신이 행운아인지도 모른다고 아주 조심스럽게 생각했다.

민아는 새로운 전자기기에 대하여 예민하게 관심의 촉수를 열어두고 사는 편이 아니었다. 그녀가 사용하는 전화기와 디지털카메라, 엠피스리를 구입할 때 가장 신경을 쓴 항목은 디자인과 가격이었다. 한번 구입한 제품은 큰 이상이 생기기 전까지 오래 사용했다. 그쪽에 대한 특별한 관심이 없기에 가능한 일이었다.

지금 쓰고 있는 휴대전화는 두 해쯤 전에 마련한 것이었다. 스마트폰을 쓰는 친구들이 왜 바꾸지 않느냐고 물어오면, 아직 할부 기간도 끝나지 않았고 지금 것도 튼튼하니 괜찮다고 말하곤 했다.

그들은 식당에서 음식이 나오기를 기다리는 중이었다. 테이블 위에 두 개의 전화기가 나란히 놓여 있었다. 둘 중에 청록색 케이스를 끼운 흰색 아이폰은 준호의 것이었고, 유행이 지난 평범한 전화기는 민아의 것이었다.

"오래 썼어?"

준호가 무심히 물었다.

"글쎄, 한, 이 년쯤."

"와, 대단하다."

"그런가? 이상해?"

"아니. 그런 면이 좋아. 그런 데 신경 안 쓰고 자기 방식대로 사는 것."

민아는 기계에 대한 자신의 무관심이 이렇게 해석될 수 있
다는 데에 놀랐다.

"그냥 아직 튼튼해서."

"다른 여자들하고 다르게 검소하잖아."

구태여 그 시각을 교정하도록 요구할 필요는 없을 것 같아
그녀는 가만히 있었다. 그녀는 제 소비생활이 검소함과는 거리
가 멀다는 걸 자인하고 있었다. 물론 절대로 사치스럽다고도
할 수 없는 씀씀이였다. 사치스럽고 싶어도 그럴 만한 여력이
없었다. 세금을 떼고 나서 매달 그녀의 통장에 입금되는 급여
는 이백만 원이 못 되었다. 오십만 원을 정기적금 통장에 이체
시키고 이십만 원을 보험회사에 납입하고 나면 매달 가용할
수 있는 액수는 확 줄었다. 그 안에서 옷과 화장품을 사고 전
화 요금을 내고 경조사비를 챙기고 친구들을 만나고 데이트
비용을 분담해야 했다. 자연히 지출의 우선순위가 정해질 수
밖에 없었다. 우선순위 앞쪽은 인터넷 여성의류 쇼핑몰들이
차지하고 있었다.

"앗, 내가 모르는 비밀이 많은가보다."

준호가 농담처럼 중얼거리며 민아의 전화기를 도로 내려놓
았다. 민아의 전화기는 비밀번호로 잠겨 있었다. 민아가 황황
히 부인했다.

"아냐 비밀은 무슨. 사무실에서 잠깐 놔두고 자리 비울 때도 있으니까."

"농담이야. 그래도 매번 비번 풀고 쓰는 게 번거롭지 않아?"

준호의 물음에 뼈가 있다고 느낀 건 그녀의 착각이었을까. 갑작스러운 불안이 민아를 덮쳤다. 이 남자가 정말로 하고 싶은 이야기는 어쩌면 그런 게 아닐지도 몰랐다. 민아가 설정해둔 비밀번호는 5090이었다. 9월 5일을 뒤집은 것이었는데, 그날은 옛 남자친구 현석의 생일이었다. 그 비밀번호를 아는 사람은 아무도 없었으며 심지어 당사자인 현석조차 알지 못했다. 그것이 옛 남자친구에 대한 미련이나 추억과는 아무 상관 없는, '처음엔 아무도 모를 것 같아 비밀스레 조합하였으나 언젠가부턴 그저 습관적으로 누르는 네 자리 숫자'에 불과하다는 사실을 과연 누구에게 이해시킬 수 있단 말인가. 5090은 다만 실용의 수일 뿐 은밀한 의도란 전혀 없다는 것을.

그녀는 오랫동안 방치해두었던 사진첩 폴더 내용과 문자메시지 수발신 내역들을 머릿속으로 재빨리 떠올려보았다. 잠시 후 준호가 화장실에 간 사이에 급하게 비밀번호를 바꾸었다. 준호의 생일을 거꾸로 한 숫자였다. 그날 집에 도착한 즉시 무방비로 내버려두었던, 혹시라도 새 남자친구가 섭섭해할 가능성을 품은 모든 흔적들을 샅샅이 검열하여 삭제했다.

얼마 뒤 준호가 물었다.

"문자 못 받았어?"

그녀 전화기의 스팸메시지 차단 기능이 원인이었다. 그것은 사용자가 원하는 단어나 문장을 등록하면 그 단어나 문장이 포함된 문자메시지가 무조건 차단되는 기능이었다. 민아는 긴 시간에 걸쳐 여러 단어들을 등록해두었다. '섹시' '하룻밤' '카지노' '대출' '화끈한' 같은 말들. 이것만으로도 무작위로 뿌려지는 스팸메시지의 공해에서 좀 벗어날 수 있었다.

그녀가 어쩌다 '우리'를 그 휘황찬란한 어휘들 곁에 놓아두게 되었는지는 본인도 기억나지 않았다. 아마도 언제인가 '우리 오늘 뜨거운 밤을 보내요' 같은 문구가 연이어 배달되었고 그녀는 짜증스러워하며 그중 눈에 띄는 단어 '우리'를 지목해 감옥에 가두었다고 짐작할 만했다. 그리고 이는 말할 나위도 없이, 민아가 오랫동안 우리라는 언어가 필요 없는 세계, 우리가 차단되어도 아무렇지 않은 세계에 살아왔음을 입증하는 표식이었다.

준호가 보냈으나 허공으로 사라져버린, 민아에게 전달되지 않은 그 문장들은 모두 우리를 기반으로 하고 있었다. 준호가 속삭이는 우리는 민아에게 당도하지 않았다. 우리 민아, 우리 사이, 우리 사랑. 우리, 우리, 우리.

드디어 민아는 '아직은 튼튼한' 전화기를 새것으로 바꾸기로 했다. 새 전화기에는 비밀번호 같은 것은 걸어두지 않았다.

여름의 흐름

여름의 흐름

사귄 지 백 일이 지난 커플은 하루에 몇 번 정도 연락을 해야 '정상'일까? 연애의 초심자는 아니었으므로 민아는 연락의 횟수가 애정의 척도를 재는 바로미터라는 사실에 흔쾌히 동의하지는 않았다. 물론 겉으로 그랬다는 말이다. 준호는 결코 불성실한 애인은 아니었으나 시시각각 본인의 일거수일투족을 여자친구에게 보고하는 부류의 남자도 아니었다.

연락과 관련하여 민아의 마음이 덜컹거린 적이 두 번 있었다. 한 번은 회사 상사들과 거래처를 접대하는 술자리에 참석한 준호가 그녀의 전화에 "나중에"라는 속삭임만을 남긴 채 끊어버리고선 몇 시간이나 연락이 두절됐을 때였다. 어떤 상황인지 모를 리 없건만 민아는 전화기를 들었다 났다 껐다 켰다 여러 차례 반복했다. 불안감의 근원은 한국 직장인 아저씨들의 회식 문화라는 게 어떤지 알고 있다는 데에 있었다. 준호라는 남자가 못 미덥다는 의미와는 달랐다.

"이상한 데 갔던 거 아니야?"

노래방이라 벨소리가 들리지 않았다고 변명하는 준호에게 그녀가 넌지시 묻자, 준호는 왜 그런 걸 물어보지? 하는 갸우뚱한 표정으로 "아니야"라고 대답했다. 그녀는 짐짓 가볍게 "이번엔 그냥 넘어가줄게. 다음엔 들키지 마"라고 했다. 좀체 화내는 법이 없는 준호가 미간을 찌푸렸다.

"나 그런 사람 아니야."

민아는 괜히 쓸데없는 말을 했다고 사과해야 했다.

또 한 번은 데이트 후에 그녀를 집에 데려다주고 돌아간 준호와 연락이 되지 않았을 때였다. 아무리 피곤해도 "잘 왔어"라는 짧은 통화를 하고 잠자리에 드는 것이 자연스럽게 굳어진 그들 사이의 습관이었다. 이렇게 깜깜하게 연락이 두절된 경우는 처음이었다. 민아는 잠을 이룰 수가 없었다. 그 동네의 골목길들은 좁고 어두웠다. 얼마나 어두운가 하면 누군가 행인의 뒤통수를 쇠뭉치 같은 것으로 후려쳐도 모를 만큼 어두웠다.

견디다 못해 민아는 대문 밖으로 나가보았다. 아주 어릴 때 돌아오지 않는 엄마를 마냥 기다리던 그 자리에 한참 동안 서 있다 들어왔다. 그녀는 준호가 부모와 함께 산다는 집의 대략적인 위치만 알 뿐 정작 대문의 색깔도, 담장의 높이도 모른다는 걸 깨달았다. 그녀는 슬퍼졌다. 그에게 어떤 끔찍한 사건이 벌어진대도 그녀에게 전달되기까지는 아주 긴 시간이 걸릴 것이다.

다음날 아침에야 그와 연락이 닿았다. 그는 "미안해. 정신 없이 잠들었나봐"라고 했다. 그녀는 화를 내지 않았다. "정말 다행이야"라고 했다. 그리고 공동계정에 들어가 그에게 이메일을 썼다.

"부탁이 있는데 자기네 집 주소 좀 알려줄래?"

평범한 문자와 숫자로 이루어진 그의 주소가 답신으로 도착했다. 민아는 비로소 안심이 되었다.

침대에서 그들은 조금 장난스럽고 조금 쑥스러워하는 연인이었다. 뜨거운 열정으로 서로의 옷을 벗기지만, 상대에게 적나라한 맨몸을 드러내 보이는 것은 어쩐지 좀 부끄럽거나 예의가 아닐지도 모른다고 생각하는 면을 민아와 준호 모두 가지고 있었다. 그런 점이 둘을 침대에서도 '잘 맞는' 연인으로 느끼게 했다.

그들이 사는 도시에는 주머니가 넉넉하지 않은 젊은 연인이 사랑을 나눌 만한 장소가 드물었다. 준호가 어머니와 둘이 사는 집, 민아가 온 가족과 함께 사는 집에 숨어들어가거나 혹은 당당하게 애인이라며 데리고 들어가는 상황은, 상상만으로도 코미디를 가장한 공포물의 한 장면이었다.

서울에 부모 집이 있는데 혼자 나와 사는 친구들은 주위에 그다지 흔치 않았다. 이 나라의 전셋값은 매 분기마다 하늘 높은 줄 모르고 치솟는 중이었으며 구하기도 힘들었다. 안 그래도 쥐꼬리만한 월급에서 월세를 뚝 떼어내고 나면 한 달에

십만 원 모으기도 어려운 세상이었다.

둘이 마음껏 껴안고 갈망을 확인할 수 있는 은신처란 시간제로 빌리는 숙박업소뿐이었다. 준호와 민아에게는 아직은, 모텔 입구를 함께 통과한다는 아슬아슬한 긴장감과 낯선 새 공간에 대한 기대가 피로를 무마해주었다. 새로 지은 러브호텔들은 대개 널찍한 월풀 욕조는 기본이었고 환하고 밝은 인테리어를 자랑했다.

"어머 여기 너무 좋다. 소파 색깔 좀 봐."

한 특급호텔의 룸을 본떠 빨간색과 흰색 가구를 믹스해놓은 방에 들어서며 민아가 감탄했다. 여자친구를 사랑스럽게 바라보다가 준호는 또 미안해졌다.

"고마워."

"뭐가?"

민아가 천진하게 동그란 눈을 깜빡이면서 준호를 바라보았다. 민아의 어깨를 감싸 안으며 준호는 생각했다. 둘 중 하나라도 혼자 산다면 이럴 필요가 없을 텐데. 대실 비용 삼만 원씩 열 번이라고 해도 삼십만 원이었다. 그날 밤 준호는 몇 군데의 인터넷 부동산 사이트에 들어가보았다. 옆방에서 어머니가 규칙적으로 코 고는 소리가 들려왔다. 그는 월급의 삼분의 일은 어머니에게 생활비로 내놓고 삼분의 일은 저금을 하고 나머지는 데이트 자

금을 비롯한 용돈으로 쓰고 있었다. 직장생활 수년간 모은 액수
와 웬만한 지역의 월세 보증금을 비교해보다가 그는 이내 컴퓨
터를 껐다. 그리고 아무리 민아를 사랑한다 해도 일주일에 한
번 이상은 모텔에 가지 않겠노라고, 사랑하니 더욱 그렇게 해야
겠노라고 혼자서 엉뚱한 결심을 하였다.

결심을 실천하듯 그들은 다음 일요일 낮에 함께 산에 오
르기로 했다. 섭씨 삼십 도에 가까운 기온이었다. 북한산 입
구에서 그들은 서로를 마주보며 웃음보를 터뜨렸다. 데님 기
지로 만든 짧은 반바지에 밑창이 얇은 스니커즈를 신은 민
아, 그리고 피케셔츠의 목단추를 다 채우고 비둘기색 면바지
에 검정 가죽벨트를 맨 준호의 차림은 그곳에 어울리지 않
았던 것이다.
"어떻게 하지?"
"민아가 결정해."
민아는 등산복으로 중무장한 다른 등산객들을 바라보며
조그맣게 한숨을 내쉬었다. 이윽고 그녀의 입술이 그의 귀에
속삭였다.
"둘이만 있을래, 그냥."
함께, 높은 곳을 향해 오르는 행위가 반드시 등산을 의미

하는 것만은 아닐 것이다. 어깨동무를 하고, 등산로 인근의 낡
은 모텔로 스며들어가던 여름 한낮, 그들은 행복의 절정에 있
었는지도 모른다.

시외버스 터미널

마침내 여름이 끝나가는 것 같았다. 여름 동안 그들은 함께 여러 가지 것들을 했다. 각자의 친한 친구에게 서로를 소개했고, 상대가 가장 좋아하는 커피의 온도를 알게 되었고, 맥주를 도합 삼만 시시[cc]쯤 마셨고, 키스를 했고, 사랑한다고 말했고, 같이 잤다. 아직 함께하지 않은 것들이 더 많았다.

"내일은 못 만날 것 같아. 집에 일이 좀 있어."

9월이 시작된, 첫 토요일 오후 민아가 말했다. 그들은 식지 않은 늦여름 해가 뜨겁게 내리쬐는 삼청동 길을 걷다가 막 카페 문을 열고 들어선 참이었다. 실내는 후텁지근하고 시끄러웠다.

"아 더워. 에어컨 안 켰나?"

준호는 그녀의 말을 못 들은 것 같았다. 민아는 속이 상했다. 실내는 과연 더웠다. 올해는 봄부터 더웠다. 한국의 봄철 평균 기온이 해마다 점점 높아져가고 있다는 것은 더이상 뉴스거리도 아니었다. 사람들은 이제 우리나라가 여름과 겨울만 있는 기후로 바뀌었다고들 했다. 여름 기온도 이상하긴 매한가지였다. 기온과 습도가 한꺼번에 치솟는 날에는 동남아의 낯선 도시 한복판에서 길을 잃은 배낭여행자 같은 기분이 들었다.

우리나라가 사계절이 뚜렷한 곳이라는 사실을 민아는 분명 어릴 적 교과서에서 배웠다. 불변의 진리라 믿었던 것들이 한 순간에 언제 그랬냐는 듯 싹 안면을 바꾸는 시대였다. 봄과 여름을 겪은 준호의 가장 큰 애로사항이 통장 잔고가 눈치도 없이 줄어들어간다는 것인 데 반해, 민아의 대표적인 애로사항은 데이트마다 입을 옷이 없다는 거였다. 더운 날씨 탓에 웬만한 여름옷은 이미 지겹도록 입어버렸다.

그날의 데이트를 위해 민아는 며칠 전 인터넷 쇼핑몰에서 주문한 가을 블라우스를 입었다. 목덜미의 단추를 채우면서 벽에 걸린 달력을 힐끗 봤다. 달력에 큼지막하게 동그라미 같은 건 치지 않았지만 그래도 그녀는 잘 알고 있었다. 다음주에 할머니 생일이 들어 있다는 것을. 새 연애에 푹 빠진 4월 이후로 할머니에게 한 번도 찾아가지 않았다. 바쁘기도 했지만 할머니에게 다녀온 뒤 어김없이 느끼게 되는 우울한 기분을 맛보고 싶지 않았다.

할머니에 대해서 준호에게 말한 적이 있었다. 직장 다니는 엄마 대신 할머니가 날 다 키워준 거나 마찬가지야, 라고 했을 것이다. 그는 "그래서 민아가 그렇게 따뜻하구나"라고 했으나 "살아 계셔?"라고 묻지는 않았다. "건강하시지?"라고도 묻지 않았다. 그녀는 아무렇지 않은 척 그 순간을 넘겼지만 사실은 서운했다. 준호의 관심이 그저 '박민아'의 내부에 머물고 있음을 확인한 것이다. 그건 바꿔 말하면 박민아의 바깥, 박민아라는 섬을 둘러싼 주변에는 별 관심 없다는 의미였다.

그렇지만 만일 준호가 할머니에 대해 꼬치꼬치 캐물었다면 솔직히 털어놓을 수 있었을까? 그녀를 키워준 팔십대 후반의 할머니가 아직 살아 계시며, 경증의 알츠하이머와 관절 류머티즘을 앓고 있으며, 지방의 요양병원에 머문 지 여러 해가 지났다는 것. 늙어버린 할머니는 배터리가 닳은 자동인형처럼 자손들로부터 슬그머니 버려졌다는 것.

우리 할머니는 머리칼이 하얗게 세기는 했지만 미야자키 하야오 감독의 영화에 나오는 호호 할머니들처럼 인생의 지혜에 통달하지도 않았으며 배려 깊지도 않다는 것. 잔소리가 몹시 심하고 까다롭기 그지없으며 자신의 인생과 자식들의 태도에 대해 언제나 투덜거린다는 것. 평생 미워했던 우리 엄마를 지금도 나쁜 년이라고 부른다는 것. 할머니는 그저 욕심 많고 이기적인 쭈그렁 노파에 불과하다는 것. 오랜만에 볼 때면 점점 더 그렇게 변해 있다는 것. 그래서 불쌍해 죽겠다는 것. 그래서 만나고 싶지 않다는 것에 대하여 말이다.

민아와 준호는 소파에 나란히 앉아 잡지를 보았다. 민아는 말없이 잡지 페이지를 넘기고 있는 준호의 옆모습을 흘끔 훔쳐보았다. 그가 보고 있는 것은 남성용 시계 컬러 화보였다. 천만 원은 훌쩍 넘을 스위스제 손목시계. 눈으로 볼 수는 있어도 닿을 수는 없는 세계, 다른 세계의 삶이었다. 그가 진짜 보고 있는 건 무엇일까. 그녀는 불쑥 입을 열었다.

"무슨 일인지 안 궁금해?"

"응?"

"내일 말이야."

준호가 값비싼 시계에서 눈을 떼고 그녀를 바라봤다.

"궁금하지. 그렇지만 혹시 말하기 불편한 걸지도 몰라서."

이럴 때는 배려라고 고마워해야 할까, 무관심이라고 실망해야 할까. 후텁지근한 실온 탓인지 관자놀이가 깨질 듯 아파왔다.

"나랑 어디 좀 같이 안 갈래?"

정신을 차려보니 자기가 준호에게 그렇게 말하고 있었다.

동서울 버스터미널은 오랜만이었다. S시 방향의 버스는 네 시간 간격으로 있었다. 준호는 민아를 대합실 의자에 앉혀놓고 열시 삼십분 출발 티켓을 샀다. 민아는 꿀 먹은 벙어리처럼 얌전했다. 준호는 티켓 두 장과 집에서부터 들고 온 종이 쇼핑백을 내밀었다.

"찹쌀떡이야. 좋아하실지 모르겠네."

그는 대수롭잖다는 듯 말했지만 실은 어젯밤 늦게 민아를 데려다주고 심야 영업을 하는 대형 마트에 일부러 들러 산 것이었다.

"필요 없는데, 이런 것."

말뿐이 아닌 듯 그녀는 쇼핑백을 건성으로 받아 안는 눈치였다. 준호는 속으로 한숨을 내쉬었다. 만나자마자부터 민아는 마치 화가 난 사람처럼 굴었다. 그녀는 어제 이른 저녁부터 술을 마시러 가자고 하더니 평소답잖게 소주 몇 잔에 취해 큰 비밀을 털어놓듯 할머니 이야기를 했다. 준호가 당혹스러웠던 이유는 그녀가 눈물까지 글썽이며 고백한 가족의 비밀이라는 것이 너무도 평범하고 일반적이라서 도무지 어떤 대목에 감정이입을 해야 할지 헷갈렸기 때문이다. 그리고 일요일인 내일 당장, 당일로 지방에 내려갔다 오자는 느닷없는 제안이 적잖이 부담스러웠기 때문이다.

요즘 들어 그는 여러모로 지쳐 있었다. 웹기획 피디라는 그의 직업은 사회생활의 갑을甲乙관계에서 언제나 철저히 을의 역할을 해야 하는 것이었다. 까다로운 클라이언트가 요구해온다면 몇 차례고 수정 작업을 거듭해야 했다. 게다가 요즈음엔 회사 차원에서 아주 중요한 프로젝트를 수주하기 위한 제안서 작성이 한창이었다. 야근이 이어지는 나날이었다.

어느새 평일에도 두어 번씩 만나고, 토요일 일요일은 무조건 같이 보내는 것이 둘 사이의 규칙이 되어버렸다. 더구나 민

아는 휴일이면 이른 오전 시간부터 만나 종일 같이 있고 싶어
하는 기색이 역력했다. "옛날 만나던 남자가 어찌나 자주 보
고 싶어하던지 피곤해서 끝냈잖아"라고 언젠가 제 입으로 말
한 적 있다는 사실은 다 잊어버린 것 같았다. 잦은 데이트는
체력적으로도 금전적으로도 정신적으로도 그에게 상당한 압
박이었다. 일요일 아침 느지막이 눈을 떠 뒷머리에 까치집을
지은 채로 SBS의 〈동물농장〉과 MBC의 〈서프라이즈〉를 연달
아 보고 아침 겸 점심으로 짜파게티 두 개를 끓여 냄비째 먹
는 생활이 가끔은 그리웠다. 그것은 그녀를 사랑한다는 마음
과는 명백히 별개의 문제였다.

지난주 토요일에는 오랜만에 대학 때 친구들 모임이 있었
다. 단체 모임에 거의 나가지 않는 준호가 유일하게 꾸준히 참
석하는 데였지만 민아의 눈치를 보느라 미적대다가 결국 가지
못했다. 그녀는 입으로는 "그런 자리라면 당연히 가야지"라고
하면서도, 그날 같이 있는 내내 무언가 미묘하게 불편해하는
태도를 드러내곤 했다. 별안간 "오늘 같은 날엔 심야영화가 딱
이겠다"라고 설레발을 치다가는 "아 맞다. 오늘은 자기가 다른
약속 있으니 안 되겠구나"라고 혼잣말하는 식이었다. 본인은
의식하지 못하는 게 틀림없었지만 옆사람으로서는 어쩔 수 없
이 슬슬 눈치를 보게 되었다. 만일 그가 "같이 갈까?"라고 제

안했으면 그녀의 태도는 또 달라졌겠지만 준호의 머리는 거기까지 미치지 못했고, 그 대가로 그는 짜증을 간신히 억눌러야 했다.

직행버스 안에서 그들은 아무 말도 하지 않았다. 준호가 매점에서 사온 구운 계란을 내밀자 민아는 맥없이 고개를 흔들었다. 준호는 차창 밖을 바라보았다. 늦여름의 흰 구름들이 덧없이 흘러갔다. 준호는 민아의 오른쪽 손등에 제 왼손바닥을 가만 포개보았다. 그녀의 체온은 미지근했다.

S시 시외버스 터미널에 도착하자 비가 내리고 있었다. 금방 지나갈 것 같기도 했고 더욱 거세질 것 같기도 했다.

단 하나의 방

단 하나의 방

“우산 어떡하지?”

“뭘 어떻게 해?”

“아니, 여기서 거기까지 얼마나 머냐고. 택시 타면 바로 앞에서 내리는지 어떤지 알아야 우산을 사든지 할 거 아니야.”

“사고 싶으면 사는 거지.”

“그런 대답이 어디 있어?”

“그냥 맘대로 하라는 뜻이야.”

“아까부터 궁금했는데, 너 오늘 왜 그래? 나한테 화나는 일 있어?”

“무슨 소리야? 내가 뭘?”

“휴, 관두자.”

“휴, 준호씨 때문이 아니잖아.”

“그럼 뭔데?”

“그냥 내가 마음이 힘들어서 그래. 이해 못해?”

“내가 이해하고 못하고가 중요한 게 아니야. 모처럼 이렇게 나왔는데 계속 그렇게 인상만 쓰고 있으니까 내가 꼭 무슨 큰 잘못을 저지른 사람 같잖아.”

“그게 그렇게 중요해? 준호씨는 잘못한 것도 없는데 억울해서?”

“너 말 이상하게 한다. 내가 언제 억울하다고 했어? 도무지 영문을 모르겠으니까 하는 말이잖아.”

"됐어. 지금은 더 얘기하고 싶지 않아."

"그럼 어쩌자는 거야? 네가 오자고 해서 나는 그냥 따라온 건데 그런 사람 앞에서."

"하, 그냥 따라온 거구나. 아무 생각도 없이. 누가 그러래? 그럴 바엔 집에 있지."

"야, 너 이럴 때마다 꼭."

"꼭 뭐?"

"관두자."

"말해봐. 못할 말이면 시작하지도 말았어야지."

"바보가 되는 기분이야."

"……그럼 돌아가든지."

그들은 터미널에서 택시를 탔다. 삼십 분 거리의 요양원에 가는 동안 비는 슬그머니 멈추었다.

"원래 오락가락 이려유."

택시 기사가 어미를 길게 늘이는 충청도 사투리로 말했다. 둘은 아무 대꾸도 하지 않았다.

"한 시간이면 돼."

요양병원은 외벽의 흰색 페인트가 누렇게 바래가고 있는 사무적인 건물이었다. 일층의 로비에서 민아는 준호와 눈을 마주치지 않도록 주의하며 말했다.

"그래도 여기가 기다리기에 제일 나을 거야."

차갑게 들리지 않게 하려고 노력했는데 준호는 대답이 없었다. 기가 막힐 것이다. 민아도 잘 알고 있었다. 그렇지만 그녀는 준호가 먼저 "아니야"라고 말해주기를 바랐다. "여기까지 왔는데 당연히 같이 올라가야지. 나도 할머니 꼭 뵙고 싶어"라는 것은 텔레비전 미니시리즈의 남자 주인공들만 할 수 있는 대사인가. 그렇게 어려운 일인가. 섭섭해지는 마음을 어쩔 수 없었다. 준호는 묵묵히 제 운동화 코만 내려다보고 있었다. 그녀는 낮은 목소리로 덧붙였다.

"이따 잠깐 올라와서 인사나 하든지."

그녀는 분명 자신이 아주 많이 양보하고 있다고 믿었다.

할머니는 똑같았다. 민아를 보곤 "어이구 내 새끼 왔냐?"고 반가워했지만 마주앉은 지 채 오 분도 지나지 않아 본격적으로 투덜대기 시작했다. 얼마 전부터 틀니도 없어지고 숨겨둔 과자도 사라지고 잘 개어둔 세수수건이 증발하는 일까지 속출하는데 아무래도 옆 침상의 노파가 도둑년 같다는 것, 아무리 일러줘도 들은 척을 안 하는 간호사들도 죄 한통속이 틀림없다는 것이 오늘의 주 레퍼토리였다. 민아는 할머니의 이야기를 열심히 들어드리는 척했지만 머릿속에서는 준호의 얼굴이 떠올랐다 사라지고 또 떠오르곤 했다.

할머니에게 준호 이야기는 하지 않았다. 준호가 산 찹쌀떡도 아무 설명 없이 내밀었을 뿐이다. 찹쌀떡 상자를 열면서도 할머니는 역시나 고시랑댔다.

"아유 이 단 걸. 사람 놀리는 것도 아니고 당뇨 악화돼서 고생고생하면 누구 좋으라고."

그러면서도 대뜸 하나를 집어 입에 넣고 오물거렸다.

"아이고 품위도 없이 달기만 하다. 옛날 그 맛이 아니야. 옛날 사람들은 정직하게 만들었는데 요즘 것들은 그저 많이 팔 욕심으로만."

끊임없이 불평을 늘어놓는 할머니의 주름진 입가에 흰 가루가 점점이 묻어 있었다. 준호더러 밖에 있으라고 한 건 잘한 선택이었어. 민아는 생각했다. 몇 달 만에 보는 할머니는 부쩍 작아져 있었다. 체중이 아니라 몸속에 남은 수분이 빠져 메마른 것 같았다. 늙는다는 건 어쩌면 쪼그라드는 일인지도 모른다고, 민아는 생각했다. 쪼그라들다 쪼그라들다 결국엔 앙상한 해골로 남겨지는 것. 할머니의 흰 뼈를 상상하면 가슴이 아려왔다. 그렇지만 당장 저 입술에서 아무렇게나 삐져나오는 악의에 찬 언어들을 견디기는 쉽지 않았다. 그 여러 겹의 감정들이 그녀를 혼란스럽게 했다.

"할머니. 나 이제 가봐야 돼. 무지 바쁜데 잠깐 온 거야. 근데
지금 저 밑에서 누가 기다리고 있거든. 잠깐 올라오라고 할게.
할머니 꼭 보고 싶다고 해서 같이 왔는데, 그 친구한테는 아무
소리나 막 하시면 안 돼. 내가 되게 좋아하는 사람이니까."

할머니가 눈만 껌뻑였다. 할머니한테 꼭 보여주고 싶었어,
라는 말은 하지 않았다.

"놀랐지?"

"아니. 왜?"

"우리 할머니한테."

"할머니 좋으시던데 뭘."

"정말 그렇게 생각해?"

"응. 그 연세에도 세상 만물에 호기심 많으시고 눈이 반짝
거리시더라. 젊어서 되게 영리하셨을 것 같아."

"자기 할머니는 초등학교 때 돌아가셨다고 했지?"

"응."

"그럼 기억이 별로 없겠네."

"워낙 멀리 살아서."

"우리 할머니 여기 오시게 된 건 할머니가 원해서 그런 거
야. 자식들한테 짐 되기 싫고 적적하지 않게 다른 노인들하고

지내는 게 좋다고."

"그래."

"아아 배고프다. 자긴 배 안 고파? 검색해봐, 여기서 뭐가
젤 맛있는지."

스마트폰의 전국 맛집 애플리케이션이 추천해준 S시의 명물
바지락 칼국수는 준호의 입에는 너무 심심한 맛이었다. 음식
점에서 나오니 오후 세시가 넘어 있었다. 지금 터미널로 가 서
울행 직행버스를 타면 늦은 저녁 전에 도착할 수 있을 거였다.
병원 대기실에서 민아를 기다리는 동안 잠시 졸기는 했지만
그래도 준호는 피곤했다.

"이대로 가기엔 왠지 좀 어중간하지 않아?"

민아가 손목시계를 보며 중얼거렸다. 그는 하품을 참은 채
고개를 끄덕였다. 여기 올 때 축 가라앉았던 것과는 정반대로
그의 여자친구는 두 발이 공중에 붕 뜬 듯이 보였다. 신경이
쓰이기는 매한가지였다.

"이 동네 여러 번 왔지만 제대로 구경한 적은 없어. 늘 터미
널이랑 병원만 왔다갔다했지. 이럴 때 차가 있으면 좋은데."

별뜻 없이 한 말이란 걸 알면서도 남자 입장에서 움찔하게
되는 건 어쩔 수 없었다. 따지고 보면 자동차가 이토록 흔한
시대에 뚜벅이를 만나주는 민아에게 깊이 감사해야 할 일인지

도 몰랐다. 자괴감이 밀려들었다.

"도영이한테 차 빌려올걸 그랬나?"

"아니야. 그저 더 멀리 가고 싶다는 뜻이었어. 지금도 충분히 멀리 왔지만."

민아가 아이처럼 혀를 쏙 내밀었다 집어넣었다. 그들이 서 있는 거리는 최근 개발이 이루어진 신시가지였다. 반듯반듯하게 구획지어져 있고, 큼지막하고 산뜻한 간판을 단 음식점과 학원, 교회가 성업중이었다. 요즘에는 어느 지방도시에 들러도 다 비슷비슷했다. 그 길의 끝자락에 검은색 외관의 모던한 건물이 보였다. '대실 25000원, 고급 욕조, 인터넷 완비'라고 인쇄된 플래카드가 바람에 휘날렸다.

방의 불을 켜자 새 가구에서 나는 것 같은 니스 냄새가 확 풍겼다. 곰팡내보다는 훨씬 나았다.

"깨끗하네."

준호가 입을 떼는 것과 동시에 민아가 베개에 놓인 긴 머리칼 한 가닥을 집어올렸다.

"조금 전 이 방에 머물렀던 여자는 긴 생머리를 연갈색으로 염색한 여자. 머리카락이 가늘고 윤기가 없는 걸로 보아 다이어트깨나 열심히 하는 여자. 누구하고 왔는지는, 음 모르겠다."

"사랑하는 사람하고 왔겠지."

“모든 여자가 다 그러는 건 아니야.”

민아가 정색을 하고 부정하는 바람에 그는 왠지 기분이 상했다. 그는 급하게 그녀의 입술을 파고들었다. 그녀가 차분하게 그의 혀를 맞받았다. 그녀가 이 순간, 안 씻어? 같은 질문을 하지 않는 여자라서 다행이라고 준호는 생각했다. 삽입하려고 했을 때 민아가 몸을 떼지 않은 채로 속삭였다.

“싫어, 지금은.”

준호가 주춤거리자 민아가 그의 머리통을 가슴으로 끌어당기며 나지막이 중얼거렸다.

“조금만 더 이따.”

어쨌든 안 된다는 뜻은 아니었다. 그들은 콘돔 없이 몸을 섞었고 준호는 마지막 순간에 민아의 배꼽 위에 사정했다. 잠시 선잠에 들었을 때 전화벨이 울렸다. 전화기 속 남자는 친절한 목소리로, 혹시 더 계시려면 지금 말씀해달라고 했다. 세 시간의 대실 시간이 끝났다는 통보였다. 꿈 없는 잠 사이로 급격한 피로가 몰려왔다.

“우리 그냥 여기서 자고 갈까?”

그녀는 깨어 있었던가, 민아가 조금 쉰 듯했지만 또렷한 목소리로 대답했다.

“내일 출근해야지.”

그들은 침대 아래 던져두었던 옷을 찾아 입었다. 차례로 간단한 샤워를 하고 용변을 보고는 집에서 머나먼 그 방을 나왔다. 방을 나서기 전에 놓고 가는 물건이 없나 살피는 준호의 눈에 침대 시트 위에 흐트러진 긴 머리카락 몇 올이 보였다. 민아가 떨어뜨린 것이었다.

거리는 여전히 낯설었다. 아직도 저물지 않은 9월의 해가 하늘에 환히 걸려 있었다. 그들은 함께 무언가를 넘어섰을지도 모른다. 아닐지도 모른다. 어딘가에서 개들이 컹컹 짖었다. S시의 개들이었다.

사소한 그림자

사소한 그림자

창밖에서 더이상 매미가 울지 않게 됐을 때 찾아온 가을은 휙 지나가버렸다. 길지 않은 가을 동안 민아와 준호는 또다시 여러 가지 것들을 했다. 친구의 자동차를 빌려 용인의 놀이공원에 다녀왔고 거기서 좀 다투었다. 날씨 좋은 일요일답게 놀이기구마다 대기선이 아주 길었다. 민아는 여기까지 왔으니 당연히 줄을 서야 한다고 했고 준호는 그런 민아를 당혹스러운 눈으로 바라보았다. 민아는 그런 준호가 이상한 거라고 했고 준호는 떨떠름한 표정을 감추지 못했다.

과천의 경마장에서는 좀더 심하게 싸웠다. 민아가 말리는데도 준호가 야금야금 베팅했다가 오만 원이나 날렸기 때문이었다. 준호는 어차피 놀러온 건데 그 정도 돈은 써도 되는 게 아니냐고 했고 민아는 도박하다가 집 잡혀먹을 사람인 줄은 몰랐다고 흥분했다. 준호는 제발 과장 좀 하지 말라고 맞받아쳤고 둘은 돌아오는 지하철 안에서 한마디도 하지 않았다.

그들은 민아의 비교적 규칙적인 생리 주기를 감안해 한 달에 네댓 번쯤 관계를 가졌다. 인테리어가 멋진 모텔을 새로 찾아내기보다는 신촌의 한곳에 단골로 갔다. 그곳에서는 커피전문점처럼 스탬프 쿠폰을 발행해주었고, 그들은 열 번을 채워 한 번을 공짜로 투숙하기도 했다. 방을 잡아놓고는 섹스를 하지 않고 나올 때도 간간이 있었다.

휴일 낮 모텔에 들어가는 건 편안하게 쉴 공간이 마땅히 없기 때문이다. 연인과 나란히 누워 오락 프로그램을 보며 낄낄대는 주말 오후도 나름대로 위안이 되었다. 그러다가 나가야 할 시간이 가까워지면 준호는 슬며시 민아를 끌어당겼다. 민아는 삼분의 이쯤은 "귀찮게 왜 이래" 속삭이면서도 그에게 응했고, 삼분의 일쯤은 "오늘 진짜 힘들어"라고 나직하지만 분명한 거절의 표현을 했다. 그 어투를 들으면 준호는 몸을 뗄 수밖에 없었다.

쉬다 나와서는 저녁으로 밥 대신 치킨과 생맥주를 먹었다. 처음 만났을 때에 비해 부쩍 늘어난 체중을 걱정하며 다음달에는 꼭 같이 운동을 시작하자는 다짐도 했다. 더 추워지기 전에 바다를 보러 가자는 약속도 했다. 준호는 언젠가 함께 갔던 월미도를 떠올리고 있었고 민아는 7번 국도 곁으로 구불구불 펼쳐진 동해안을 상상했으니, 동상이몽이었다. 하지만 구체적인 바다의 이름보다 중요한 것은 약속을 하는 순간 어쨌든 얽혀 있던 두 개의 새끼손가락일 것이다. 함께하지 않은 일들이 아직은 여럿 남아 있었다.

그 가을의 가장 큰 사건은, 준호의 파견 근무였다. 준호의 회사가 서울에서 두 시간 거리인 C시에 본사를 둔 기업의 프

로젝트를 따냈고 준호도 프로젝트팀의 일원이 된 것이다. 민아
는 단칼에 반대했다.

"너무 멀어."

"어쩔 수 없잖아."

"그럼 평일엔 못 볼 거 아니야."

"일찍 끝나는 날엔 올 수도 있을 거야."

"그럼 그다음날 아침 출근은 어떻게 하려고?"

"……"

"그거 봐. 왜 지키지 못할 말을 해?"

"어쨌든 나한텐 좋은 일인데, 넌 그렇게밖에 반응 못하니?"

민아는 회사를 그만두겠다는 결심을 조금씩 굳혀가는 중이
었다. 한 해가 또다시 저물어가고 있다는 것, 저만치에 있던
서른이라는 나이가 성큼 코앞으로 다가왔다는 것이 그녀의 조
바심을 부추겼다. 이 결심을 준호에게 말했지만 그는 이해하
지 못했다. 이해하려 들지 않는 것 같았다.

"심심해서 그래."

프티부르주아를 향한 냉전시대 공산당 기관지의 논설 같은
비난을 그는 심드렁한 목소리로 뱉었다. 민아가 흘겨보자 곧바
로 사과를 하긴 했으나 그렇다고 한번 내보인 진심이 달라지는
건 아니었다.

"차라리 퇴근 후에 학원이라도 다녀보는 건 어때?"

"무슨 학원?"

민아가 날카롭게 반응했다.

"많잖아. 일본어나 요리나."

민아는 화가 났다. 민아가 보기에 준호의 가장 나쁜 습관은, 겉으로는 남의 말을 경청하는 것 같지만 실제로는 가슴 깊이 공감하지 못한다는 거였다.

"또 그런 식이다. 누가 일어랑 요리 배우고 싶대?"

"싫어?"

"공무원 시험 준비할까 한다고 말했었잖아. 잊어버렸어?"

"아니."

준호가 어물거렸다. 민아의 가슴이 답답해져왔다.

"그럼 공시 학원 등록하든지."

"아 진짜 내가 꼭 공시를 보겠다는 게 아니잖아."

"도대체 원하는 게 뭔데?"

"뭘 하는 게 좋을지 일단 생각할 시간이 필요하다니까."

준호가 이마를 구겼다.

"무슨 고등학생 자퇴하는 것도 아니고, 생각할 시간이 필요해서 회사를 그만둔다고?"

"왜, 안 돼?"

"휴, 넌 잘 모르는 것 같은데 네가 원하는 게 뭐냐면, 결국 변화야."

그들은 또 싸움을 시작했다. 준호의 지적들은 일견 타당할지도 모른다. 하지만 일부는 얼토당토않을 수도 있다. 민아가 어떤 식이든 변화를 원하고 있는 건 사실이지만, 남자친구가 철없는 사촌동생 대하듯이 내뱉은 말처럼 변화를 위한 변화를 바라는 건 아니었다. 시공일과 완공일이 새겨진 대리석 현판을 단 벽돌 건물처럼, 그녀는 제 삶이 좀더 단단하고 구체적인 것이기를 바랐다. 더 늦기 전에 주춧돌을 놓을 준비를 하고 싶을 뿐이었다. 혼자라면 달랐을 거라고 민아는 내심 생각하고 있었다. 그녀가 서두르는 것은 준호와 같이하는 미래를 염두에 두고 있기 때문이었다.

누군가가 능력 있고 잘난 남자친구를 '잡았다'는 소문은 친구들 사이에 빠르게 퍼지곤 했다. 걔 남자친구는 출장 갈 때마다 샤넬 백을 하나씩 사온대. 남자가 펀드매니저인데 연봉이 일억이래. 결혼하면 미국에 살 건데 걔더러는 하고 싶은 공부 마음껏 다 하라고 했대. 그녀가 그런 소식들을 얼마간의 부러움과 시샘을 담아 대한 적 없다면 물론 거짓말이었다. 그렇지만 한 번뿐인 생을 무임승차하듯 살고 싶어 몸부림치는 건 결코 아니었다. '나'도 있고 '사랑하는 사람'도 있는 삶이 그녀가 꿈꾸는 삶이었다.

그 무렵 엄마는 그녀의 연애에 부쩍 신경을 곤두세웠다. 엄마는 딸의 남자친구에게 실망감을 감추지 못하고 있었다. 엄마가 궁금해하는 사항들에 관해 민아가 대충 얼버무림으로 일관하는데도 그랬다.

"부모님은?"

"몰라, 건강하신가봐."

"다니는 직장은 튼튼한 거야?"

"엄마는. 요즘 철밥통이 어디 있어요?"

"정확히 뭐 하는 거라고?"

"웹프로듀서라고, 그런 게 있어."

"어쨌든 정규직인 거지?"

"그렇다니까."

"월급은 얼마래?"

"엄마! 그런 걸 어떻게 물어봐."

"아유, 이 답답아. 아무튼 그냥 친구로 지내. 일단은."

"알았어."

"명심해. 그냥 친구야."

엄마는 다시 한번 못을 박았다. 엄마의 명령에 가까운 당부는 자신의 의견이 딸에게 별 구속력을 가지지 못한다는 사실을 역설적으로 증명하는 것이었다. 어쩔 수 없는 순간이 올 때까지 빨랫감을 숨겨두고 싶은 마음은 엄마도 그녀도 다르지 않을 거였다. '나'도 있고 '사랑하는 사람'도 있고 '부모'도 실망시키지 않는 삶. 세상 어딘가에는 그런 삶을 사는 여자도 있겠지.

엄마처럼 평생을 종종거리며 살고 싶지는 않았다. 하지만 이젠 엄마만큼 평범하게 사는 게 얼마나 어려운 일인지 안다. 엄마를 실망시키리라는 거의 확실한 예감을 감수하고서, 그녀가 택한 사람이 이준호였다. 그런데 그 남자는 그걸 모르는 듯이 행동하고 있었다. 그 관계에 대한 회의가 민아를 스멀스멀 덮쳐왔다. 길바닥엔 낙엽이 수북이 쌓여갔고 시간은 충분하지 않았다.

준호는 집에다 민아의 이야기를 한 적이 없었다. 그가 집이라고 할 때에 반사적으로 떠올리는 얼굴은 어머니뿐이었다. 오래전 어머니와 갈라선 아버지는 남쪽의 작은 항구도시에서 새 여자를 만나 산다는 소식만 가끔 들려올 뿐 직접적인 연락은 끊긴 상태였다. 일찌감치 결혼해 애 둘을 낳고 사는 형은 명절 때나 오래 얼굴을 볼까 말까 평소에는 따로 안부를 주고받지 않았다. 어쩌다 단둘이 통화라도 하게 되면 어색하고 데면데면했다. 어머니는 준호에게 여자가 있다는 걸 눈치로 알아챈 것 같았지만 꼬치꼬치 캐묻지는 않았다.

"요새 남자 나이 서른이 급할 게 뭐 있어. 아직 아무 기반도 없는데 남의 집 귀한 딸내미 데려다 괜히 고생만 시키려고."

친척들이 인사치레로 준호의 결혼에 대해 물으면 어머니는 웃으면서 그러나 단호하게 말하곤 했다. 어머니는 어쩌면 두려운지도 몰랐다. 이제야 간신히 안정을 찾은 2인 가정에 제삼자가 끼어들게 됨으로써 또다시 드리울 새로운 변화의 그림자가.

민아가 간혹 어머니에 대해 물어올 때가 있었다. 제과점에서 남동생의 생일 케이크를 고르다가는 문득 "자기도 어머니 가져다드릴래? 하나 더 살까?" 하기도 했다. 준호는 손사래를 쳤다. 다 큰 남자의 생일날 저녁, 식구들이 조그만 케이크 앞에 둘러앉아 촛불을 끄는 풍경도 그에게는 낯간지러운 것이었다.

"그래? 어머니는 단 거 싫어하시나보다. 그럼 뭘 좋아하셔?"

그렇게 말할 때 민아에게서는 무언가를 탐색하려는 기색이 묻어났다. 민아가 알고자 하는 것은 무얼까. 짐작할 수 있을 것도 같았지만 그는 애써 모르는 척하고 싶었다. 비슷한 맥락에서 그녀가 아버지에 대해 물어올 적도 있었다.

"자기 아버지도 케이크 같은 건 안 드시는 거야?"

"……별로."

짧게 대꾸하며 그는 생각했다. 참 이상하다, 너는 왜 그런 게 궁금하니. 하지만 입 밖으로 뱉을 만한 말은 아니었다.

연애의 종착역이 결혼이어야 할까? 통념상으로야 그럴 것이다. 하지만 질문을 조금 비틀면 문제는 달라진다. '이 연애'의 종착역이 결혼인가, 라고 한다면 말이다. 여자친구를 사랑하지 않는다는 의미가 아니었다. 준호에게 연애란 비현실적인 어떤 것, 구차한 현실의 저 너머에 존재하는 것이었다.

언젠가 자신이 결혼생활의 한 축을 떠받치는 가장이 되리라는 사실, 누군가의 남편이 되고 아버지가 되리라는 사실은 아주 막연하기만 할 뿐이었다. 아직까지는, 닥치지도 않은 먼 미래를 굳이 예단하고 싶지 않았다. 어깨를 짓누르는 짐의 무게는 지금도 충분히 버거웠다. 누구보다 떠들썩한 연애 끝에 그 상대자와 결혼을 한 형이 어떻게 사는지만 봐도 답은 명확했다. 뼈 빠지게 일하고도 자기 손으로 번 만 원짜리 한 장 맘편하게 쓰지 못하는 삶, 아이들 유치원비가 비싸다고 한숨을 내쉬면서도 철마다 멀쑥한 새 옷을 사 입히는 삶, 애지중지 키워준 어머니를 부양하기는커녕 어떻게 하면 아이를 맡겨볼까 잔머리 굴리는 삶, 결혼 안 한 동생에게 불쑥 '급히 필요해서 그런데 돈 가진 거 좀 있냐? 형수한텐 말하지 말고'라는 문자를 보내는 삶. 언제까지나 회피할 수 없다는 건 알지만 그렇다고 벌써 그 휘몰아치는 소용돌이 속으로 뛰어들고 싶지는 않았다. 아직은, 그랬다.

12월, 도영이 마침내 궁극의 그녀를 만났다는 거짓말 같은 낭보를 전해왔다. 이 도시의 모든 미혼녀들을, 때로는 기혼녀들까지도 맘만 먹으면 죄다 섭렵할 수 있다는 듯 허풍을 떨어대던 녀석이 자못 비장한 음성으로 "올해 넘기기 전에 날 잡으려고"라는 대사를 날리다니. 준호는 귀를 의심했다. 막 12월이 되었던 것이다.

도영이 침이 마르도록 자랑한 궁극의 그녀는 외견상 평범했다. 푸들을 연상시키는 조그맣고 흰 얼굴에 오목조목한 이목구비의 소유자였다. 그동안 도영이 만나온 여자들의 화려한 외모를 익히 아는 준호로서는 의아할 따름이었다. 지금 막 격정적 사랑에 빠진 연인은 따로 떨어져 있는 순간을 일 초도 용납할 수 없나보았다. 준호와 민아 앞에서도 서로의 손을 깍지 낀 채 연신 만지작댔다. 그들을 물끄러미 지켜보던 민아가 준호의 무릎에 제 손바닥을 살며시 가져다댔다. 준호도 잠시 잊었다는 듯 슬그머니 여자친구의 손을 찾아 쥐었다.

"결혼식 사회는 네가 보는 거다."

도영은 진지한 표정으로 휴대전화의 달력 기능을 펼쳐 들었다.

"12월 중에 할 건데 주말에는 엔간한 식장 구하기가 만만치 않네. 금요일 일곱시면 괜찮지? 회사에서 조금만 일찍 나오면 되잖아."

"두 분 진짜 하시게요? 올해가 얼마나 남았다고?"

민아가 준호보다 더 큰 충격을 받은 것 같았다. 도영은 자랑스럽게, 도영의 약혼녀는 좀 부끄러워하는 표정으로 고개를 끄덕였다.

"며칠 전에 아버지 어머니가 이 사람 보시고는, 이렇게 좋은 사람 만났는데 오래 끌 거 뭐 있냐고 하셔서. 이 사람 집도 그런 분위기고."

벌써 양쪽 부모에게 인사를 마쳤다는 것에 민아는 더욱 놀란 듯했다.

"두 분 만나신 지 한 달 아직 안 된 거 아니에요?"

"네. 오늘로 정확히 이십오 일째예요."

민아는 그 뒤로 별말이 없었다. 준호는 그런 그녀의 태도를 간간이 의식하면서도 새로운 커플이 절절히 토해내는 압도적인 운명의 느낌에 맞장구쳐주느라 정신없는 시간을 보냈다. 장소를 두어 번 옮기고 다들 어느 정도 술기운이 올랐다고 생각했을 때 사건이 터졌다. 준호가 화장실에 다녀오니 민아가 보이지 않았다.

“어 민아씨 너 찾으러 나간 줄 알았는데 아니었어?”

애인의 뺨을 제 뺨으로 문대고 있던 도영이 중얼거렸다. 민아의 외투도 가방도 보이지 않았다. 술집 출입문을 밀고 나가자, 거기 쪼그리고 앉은 민아가 보였다.

“취했어?”

준호가 다가가 일으키려 하자, 그녀가 휙 그의 팔을 뿌리치며 혼자 일어섰다. 민아는 핏발 선 눈동자로 그를 노려보았다. 왜인지는 모르지만 준호의 가슴에서 무언가가 쿵 바닥으로 떨어졌다.

TELEPHONE
TELEPHONE
TELEPH

첫번째 눈송이

첫번째 눈송이

“미안해. 미안하다고 했잖아. 그렇지만 나는 네가 이렇게까지 흥분하는 게 이해가 잘 안 돼.”

“바보가 됐다니까. 자기 친구랑 그 여자친구 앞에서.”

“목소리 낮춰. 이성 좀 찾으란 말이야.”

“미친 사람 취급하지 마.”

“네가 너무 흥분한 것 같아서 그래.”

“천만에. 난 흥분하지 않았어. 배신감 때문에 기가 막힐 뿐이야.”

“배신감이라니. 말 너무 함부로 하지 마.”

“그럼 뭔데? 지금 내가 느끼는 감정을 자기가 한번 설명해 줘봐. 이런 상황에서 내가 뭘 느껴야 정상이지?”

“휴, 민아야.”

“내가 그런 얘기를 왜 남의 입을 통해서 들어야 돼? 헤어진 아버지는 뵈었느냐고 도영씨가 묻는데 내가 얼마나 민망했는지 알아? 그까짓 거 이미 다 알고 있는 척하느라고 얼마나 힘들었는지 아냐고!”

“민아야.”

“하다못해 만난 지 한 달도 안 된 도영씨 여자친구도 이미 다 아는 눈친데, 어떻게 나를 속여?”

“속인 적 없어.”

"내가 그런 것도 이해 못하는 여자인 줄 알았어? 언제까지 거짓말하려고 했어?"

"거짓말한 적 없어."

"아무렇지도 않게 자기 아버지 얘기하고 그랬잖아. 아버지 어머니랑 다 같이 사는 것처럼 말했잖아, 늘!"

"그런 적 없어. 네가 그렇게 착각했을 뿐이야."

"말도 안 돼."

"미리 얘기하지 못해서 미안해. 고의가 아니라 말할 기회를 놓쳤어. 정말이야. 언젠가는 꼭 얘기해주려고 했어."

"오해할까봐 분명히 말하는데, 자기 부모님이 이혼했건 말건 나한테는 심각한 문제가 아니야. 우린 이미 성인이고 부모님이야 얼마든지 그럴 수 있지. 하지만 이번 일로 알게 됐어. 자기가 나를 얼마나 하찮게 여겼는지, 자기에게 내가 얼마나 아무것도 아니었는지."

"비약하지 마. 그런 게 아니라는 거 알잖아."

"아니. 몰라."

"미안하다."

"안 되겠어. 기본적인 믿음이 흔들려."

"무슨 뜻이야?"

"이대로는 도저히 안 되겠다고. 우리 관둬."

"그만해라."

"진심이야. 믿음이 한번 없어지면 그걸로 끝인 거야."

"내가 잘할게. 다신 이런 일 없도록."

"그걸 어떻게 믿어? 또 뭘 숨겨놨을지 알고?"

"너는, 너는 내 상처 같은 건 안중에도 없니?"

"……"

"들어가자, 어쨌든 다들 기다리잖아."

"자긴 들어가. 난 갈 거야."

뒤돌아서는 그녀를 준호는 잡지 않았다. 백 미터 넘게 걷는 동안 민아는 준호가 뒤따라올 거라고 내내 믿었다. 혼자 집에 도착할 때까지 그녀는 줄곧 주먹을 꼭 쥐고 있었다.

여직원 화장실, 양변기에 앉았을 때 딱 적당한 눈높이에는 언제나 색색의 글자들이 큼지막하게 프린트된 종잇장이 붙어 있었다. 여사우회에서 복사해 화장실 칸칸마다 붙이는 '금주의 명언'이었다. 이를테면 이런 언술들.

'인간은 얼굴을 붉히는 유일한 동물이다. 또한 그렇게 할 필요가 있는 동물이다. _마크 트웨인'

'죽어야 할 때를 모르는 사람은 살아야 할 때도 모른다. _존 러스킨'

‘사람은 누구나 마음의 집을 마련하지만 나중에는 그 집이 마음을 가두어버린다. _에머슨’

민아 혼자 맞이한 그 주에는 조금 긴 문장으로 바뀌어 있었다.

‘이별의 시간이 당도했다. 이제 우리는 각자의 길을 간다. 나는 죽고, 너는 산다. 어느 쪽이 더 좋은지는 오직 신만이 알 뿐이다. _소크라테스’

소변을 보면서 민아는 꺽꺽 소리내어 울었다. 눈물이 두 볼을 타고 하염없이 떨어져내렸다.

생각을 정리해볼 테니 당분간 연락하지 말라던 민아가 열흘 만에 문자메시지를 보내왔다.

‘오늘 밤 첫눈 온대. 뭐 할 거야?’

준호는 한참 동안 그 문장들을 바라보았다. 그들은 그날 저녁 만났고, 일기예보는 또 틀렸다. 서울 하늘에 첫눈은커녕 진눈깨비도 내리지 않았다. 그들은 첫번째 눈송이 대신 피어난 자욱한 밤안개만을 함께 지켜봤다.

“나 태어나기 전날 밤에 눈이 그렇게 많이 왔다던데.”

민아가 모르는 사람의 탄생에 대하여 말하듯 중얼거렸다.

그날 밤이 지나가고 모두가 잠든 새벽, 문득 하늘이 활짝 열리고 호들갑 없이 첫눈이 내렸다.

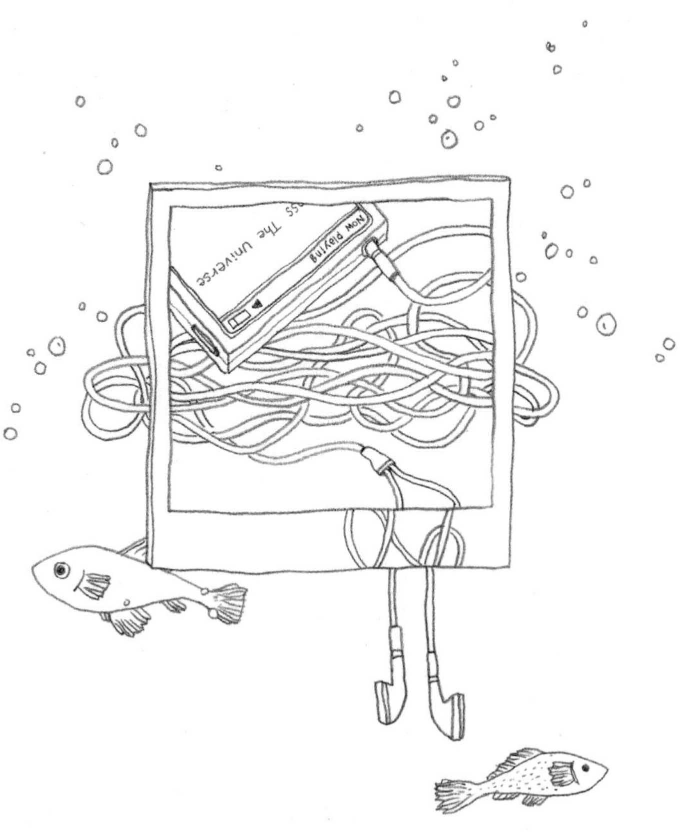

Now Playing
...ss The Universe

그날의 사랑은

그날의 사랑은

다 잊었대도, 없었던 일이 될 수 없는 일이 있다.

새봄, 준호를 소개해준 경수와 모임에서 만났다. 일 년여 만이었다. 그는 대번에 섭섭하다는 말부터 했다.

"야, 그렇게 잘되고 있으면 말이야. 나한테 술부터 사야지 말이야. 나 열 받아서 너한테 형수님이라고 절대 안 부를 거다."

민아는 소리 없이 웃었다.

"아무튼 뿌듯하다. 나중에 양복 한 벌이나 잊지 마. 준호 형도 보고 싶네. 별일 없지?"

"응."

끝날 듯 끝나지 않던 지난겨울, 민아는 예기치 못한 이별을 겪었다. 요양병원에 있던 할머니가 돌아가셨다. 서울 하늘에 게릴라처럼 첫눈이 퍼붓던 새벽이었다. 담당 간호사의 말에 의하면 할머니는 평소처럼 잠자리에 들었는데 다음날 아침에 보니 아무도 모르게 숨이 끊어져 있더라고 했다. 할머니답지 않은 고요한 죽음이었다. 할머니가 그곳으로 가지고 갔던 트렁크 속에서 만약을 대비하여 작성해둔 유서가 발견되었다. '애들에게 고맙다. 우리은행 통장은 우리 손녀 박민아를 주고 국민은행 통장은 우리 손자 박민준을 준다'라고 삐뚤빼뚤한 글씨로 적혀 있었다. 우리은행 통장에는 천오백만 원이 조금 넘는 금액이 들어 있었다.

“우리 할머니 부자였네.”

그녀는 빳빳한 통장 갈피들을 넘기며 혼잣말했다. 15,100,000이라고 찍힌 아라비아숫자를 멍하니 들여다보았다. 세상은 천오백십만 원을 어떤 돈이라고 할까, 적은 돈이라고 할까 많은 돈이라고 할까. 감이 잡히지 않았다. 준호는 ‘고마운 돈’이라고 표현했다.

“그러니까 없다고 생각하고 그대로 넣어둬. 괜히 이상한 데 쓰지 말고.”

준호의 파견 근무는 계절이 바뀌도록 이어지고 있었다. 그는 평일에는 그곳의 숙소에 머물다 금요일 밤에야 서울로 왔다. 만나는 횟수도 자연스럽게 일주일에 한 번으로 줄어들었다. 요령껏 말다툼을 피하는 기술도 생겼다. 둘 중 누구도 먼저 상대의 신경을 긁거나 도발하지 않았고, 통화를 하다가도 혹여 의견 충돌이 생길라치면 거기서 일단 대화를 중단하고 전화기에서 멀찌감치 떨어져 각자 숨을 골랐다. 권태로이 시간의 더께가 쌓여가는 만큼 무력한 평화도 유지되었다. 그 겨울에 내린 눈송이들은 가슴속에서 단단히 뭉쳐 돌멩이 같은 멍울로 변했다.

민아는 문득 떠올랐다는 듯 경수에게 물었다.

“그때 그 아기 말이야. 어떻게 됐는지 혹시 알아?”

“응? 누구?”

"작년에 너 모임 나왔던 날, 음주운전 사고로 다쳤다는 임신부하고 뱃속 아기."

"아아."

경수가 맥주잔을 들고 목을 축였다.

"바로 응급수술해서 꺼냈는데 잘 안 됐나봐. 산모랑 아기 둘다 중환자실에 한참 있다가, 아기는 죽었고 엄마는 나왔어."

그 밤, 민아는 오래 울었다. 울먹이면서 어떤 공식 문서에도 기록되지 않은 수많은 이별들에 대하여 생각했다. 남은 생 동안 그녀 역시 여러 이별들 앞에 놓일 것이고, 맞서거나 순응하거나 속죄할 것이고, 그 순간들 사이에서 움직이며 살아갈 것이다. 단단한 바위틈을 뚫고 샘물이 고이듯 비밀스러운 용기가 솟아오르는 것 같았다.

한 번도 살아보지 않았던 지방도시의 생활은 나쁘지 않았다. 숙소는 소형 아파트처럼 생긴 콘도미니엄이었는데 네 명이 방 두 개를 나눠 사용하고 중간의 거실과 주방은 공유하는 구조였다. 군대 이후 이런 식의 단체생활은 처음이었다. 시작하기 전에 염려하던 것에 비해 그는 어렵잖게 적응했고 밤이면 집에서보다 더 편히 잠들었다. 아저씨가 된다는 건 아무 데서나 코를 골며 곯아떨어질 수 있게 된다는 뜻인지도 몰랐다.

민아가 없었다면 주말마다 서울 집에 올라가지 않았을 것이다. 매주 한 번씩 꼬박꼬박 만날 수 있는 사람이 있다는 것은 그에게 여전히 중요한 의미였다. 만나서 그들은 밥을 먹었고 콜라나 아이스크림을 사들고 멀티플렉스 극장에서 영화를 보았다. 그러고 보니 연애를 막 시작할 즈음에는 영화를 거의 보지 않았다. 암흑 속에 각각 앉아 스크린을 쳐다볼 시간에 서로의 얼굴을 바라보고 싶었기 때문일까. 영화 상영을 기다리는 동안에는 커피숍에 앉아 각자의 스마트폰을 들여다보았다. 사야 할 물건이 있는 날엔 같이 쇼핑을 가기도 했고, 서점에서 각자 필요한 책을 고르며 시간을 보내기도 했다.

민아에게 관계를 가지자고 하는 것, 아니 둘만의 방에서 시간을 보내자고 제안하는 것이 이제는 왠지 멋쩍었다. 그래도 준호는 이따금 단골 모텔로 민아를 이끌었다. 배설하고 싶은 욕구 때문이 아니라 하나로 묶여 있음을 확인하고 싶은 바람 때문이었다. 그렇다고 섹스를 하지 않은 것은 아니었다. 저절로 그렇게 되곤 했다. 그녀의 몸 안으로 들어가면서 "사랑해"라고 말하면 그녀가 "나도"라고 받았다.

다시 봄, 어느 일요일 오후, 피임도구 없이 사랑을 나누고서 더블베드에 나란히 누워 있을 때였다. 민아가 무심하게 말했다.

"만약 이러다 임신하면 어떻게 하지?"

"오늘 안전한 날이잖아. 아니야?"

그의 목소리에서 불안이 감지되었을까. 민아가 낮게 대답했다.

"맞아. 그저 만약에, 말이야."

"그런 걱정을 왜 미리 해."

그러다 어쩌면 그녀가 정해놓은 모범답안은 이것이 아닐지도 모른다는 데 생각이 미쳤다.

"만약 그런 일이 생기면,"

진부한 물음에 어울리는 진부한 대답인 줄 알면서 그는 말을 계속했다.

"감사하면서 얼른 날 잡아야지."

"그렇구나……"

민아가 맥없이 대답했다. 그날 저녁, 고속버스 안에서 꾸벅꾸벅 졸다가 그는 문득 깨달았다. '어떻게 하지?'와 '어떻게 할 거야?'는 전혀 다른 질문이었다. 그녀는 분명히 '어떻게 하지?'라고 했었다. 목덜미가 서늘해졌다.

나란히 놓였던 발

나란히 놓였던 발

그녀 앞에 사진 한 장이 놓여 있다. 그들이 처음 손을 잡던 날, 봄 햇살이 바다 위에서 눈부시게 흩어지던 날 찍었던 것이다. 준호는 구식 수동카메라를 들고 나왔고, 머뭇머뭇 그녀의 홍조 띤 얼굴에 초점을 맞추었다. 민아는 부끄럽게 웃었고, 머뭇머뭇 시선을 돌렸고, 그는 홍조 띤 얼굴로 카메라를 거뒀다. 그날 나란히 걸었던 네 개의 발이 여기 남아 있다. 빠닥빠닥한 종이 한 장으로. 잠시 멈춰 선 네 개의 발들. 앞코가 동그란 분홍 플랫슈즈는 그녀 것이고, 흰색 매듭을 묶은 검정색 나이키 운동화는 그의 것이다. 세상의 모든 신발들은 비슷하다. 순간들은 희미하고 둥그런 원을 그리며 천천히 소멸해간다.

회사를 그만두었다는 소식을 민아는 전화로 알려왔다. 그만두려 한다는 의논이 아니라 이미 그만뒀다는 통보라서 준호는 잠시 아연해졌고, 곧 화가 났다. 무슨 사정이 있었으리라. 섭섭함과 화를 억누르고서 물었다.

"공무원 시험 보기로 결심한 거야?"

"모르겠어."

"네가 모르면 누가 아는데?"

"우선은 좀 떠나볼까 해."

"어딜, 가려고?"

"일단은 런던."

준호는 전화기를 귀에서 떼고 한동안 호흡을 골랐다.

"혹시 장난치는 거야?"

"아니."

"뭐라도 알아보고 말하는 거야?"

"대충. 랭귀지스쿨 정보만."

"얼마나 있을 건데?"

"육 개월 아니면 일 년. 아직 잘 모르겠어."

그는 한숨을 쉬었고, 그녀는 침묵했다.

"일 년이나?"

"아마 그때까지 버틸 만한 돈은 안 될 것 같고."

"근데 왜 하필 런던이야?"

"그냥. 그 이름이 제일 먼저 떠올라서."

진심인지 아닌지 알 수 없게 그녀는 말끝을 흐렸다. 전화기를 내려놓고 준호는 한참 동안 멍청히 앉아 있다가 추리닝 상의를 집어들고 산책을 나섰다. 운동화 뒤축을 꺾어 신고는 숙소 앞마당의 잔디밭을 혼자 거닐었다. 뾰족뾰족 솟아나기 시작한 어린 풀들을 운동화 밑창으로 꾹꾹 밟았다. 이름 모를 날벌레들이 뒤를 따라 날아왔다. 밤공기가 서울보다 조금 훈훈한 것도 같았다. 하늘에는 별이 총총했다. 그는 민아가 있는 서울 하늘 쪽을 가늠해보았다. 런던은 또 어느 방향일까. 솔직히 말하면 그녀가 먼 곳으로 떠난다는 사실이 전혀 실감나지 않았다. 더 솔직히 말하면, 그녀가 미치도록 부러웠다.

민아가 떠나기 전날, 준호는 서울에 올라가야만 할 것 같았다. 아침부터 일이 하나도 손에 잡히지 않았다. 야근을 위해 다들 간식을 사다 먹는다고 할 때 그는 바지 뒷주머니에 지갑만 달랑 챙겨넣고서 버스터미널로 향했다. 버스 출발 시간까지 사십 분쯤 여유가 있었다. 근처 대형 마트에서 몇 가지 물건을 급히 샀다. 다용도 주머니칼, 일회용 밴드, 손톱깎이 같은 것들이었다. 손톱깎이를 파는 코너에서는 언젠가 그녀가 사주었던 브랜드의 제품을 찾다 포기하고 가장 튼튼해 보이는 걸로 골랐다. 마지막으로, 호신용 호루라기를 샀다. 차창 밖 고속도로는 차츰차츰 어둠 속에 잠겨갔다. 어디쯤에서 그녀에게 연락해야 하는지 알 수 없어서 미적거리다보니 버스는 어느덧 서울 톨게이트에 접어들고 있었다.

"뭐 해?"

"저녁 먹어, 식구들이랑."

"잠깐 나올래?"

"응? 어딜? 지금 밥 먹는다니까."

"너희 집 앞이야."

"……짐 다 못 쌌는데."

수화기 너머로 그녀의 숨결에 묻어나는 말줄임표가 고스란히 전달되어왔다. 마냥 반가워하리라 짐작한 건 아니지만 이토록 무거운 침묵으로 응대해올 줄이야. 먼저 전화를 끊어버리는 것이 옳을지도 몰랐다. 그럼에도 그는 그렇게 하지 못했다.

"줄 것도 있고."

잠시 후 그녀가 말했다.

"조금만 기다려."

민아는 단풍색 트렌치코트를 입고 나왔다. 그들은 집에서 가까운 자그마한 카페로 들어갔다. 우연했던 그들의 두번째 만남에서 의자 대신 커피만을 제공했던 곳, 따뜻한 종이컵을 두 손으로 감싸쥔 채 나란히 거리로 나선 그들에게 오래도록 아련한 추억의 이름으로 남아 있는 곳이다. 어찌 된 영문인지 준호의 기억 속에서 편안하고 유머러스한 느낌이었던 주인여자는 뚱하고 무료한 표정으로 카운터를 지키고 있었다.

그들은 마주보고 앉았다. 겉옷을 벗자 민아는 얇은 티셔츠 차림이 되었다. 빗장뼈가 도드라져 보였다. 언제 저렇게 야위었던가. 그의 가슴에 치밀어오른 감정은 욕망이 아니라 연민이었다. 둘은 엉뚱한 이야기만을 한동안 주고받았다.

"거기 사람들 다 영어로만 말할 텐데 너 공항 내려서부터 물 한 잔 못 사먹는 거 아니야?"

"나도 걱정이야."

"그러니까 평소에 열심히 좀 하지 말이야."

"안 그래도 반성중이야."

그녀는 오른쪽 검지 끝으로 찻잔 받침을 긁어대고 있었다. 무의미하고 권태로워 보이는 동작이었다. 둘 사이에 어떤 언어들이 더 남아 있을까, 그는 조바심이 일었다. 그는 비닐봉지에서 주머니칼을 꺼내 쑥 내밀었다.

"이거 꽤 유용할 거야. 병따개랑 와인 오프너도 되고 가위로도 쓸 수 있고 드라이버도 된다. 거기서 갑자기 나사 돌릴 일이라도 생기면 당황하지 말라고."

"응."

"너 이런 거 잘 못하지만 그래도 갖고는 있어야 돼. 거기선 해달랄 사람도 없는데."

"알았어. 그렇게."

귀로는 준호의 이야기를 듣고 있었지만 민아는 아까부터 의자 한쪽 다리가 조금씩 흔들거리는 것 같은 느낌에 더 신경이 쓰였다. 미안해, 라고 말할까 말까 입술을 몇 번이고 달싹이기만 했다. 준호가 정색을 하고 "뭐가 미안한데?" 하고 반문해오면 말문이 막혀버릴 것이다. 그녀는 어렵사리 입을 열었다.

"엄마한테 잠깐 편의점 갔다 온다고 했어."

"어, 그래, 그래."

"미리 연락하고 오지. 저녁이라도 같이 먹게."

"아니야. 어차피 집에 올 일도 있었고. 기다리시겠다. 어서 들어가봐."

"그럴게. ……준호씨?"

"응."

"밥은, 먹었지?"

"그럼. 당연하지."

좁은 방바닥에 여행용 트렁크가 입을 떡 벌리고 누워 있었다. 민아는 준호가 쥐여주고 간 비닐봉지에 조심스레 손을 집어넣었다. 금속 재질의 은빛 휘슬은 조그마했고 만듦새가 야무졌다. 아랫입술에 대보았다. 차가웠다. 입을 오므리고 날숨을 크게 내어 불면 삐이이익, 높고 날카로운 소리가 멀리로 울려 퍼질 것이다. 이것을 힘껏 불 만큼 위급한 순간이 닥칠까. 그녀의 긴급구호 요청은 어디까지 가닿을까. 민아는 호루라기를 오랫동안 만지작대다가 다시 비닐봉지에 넣었다. 준호의 선물은 여행가방 대신 민아의 화장대 서랍 속에 담겼다.

준호는 공항에 나가지 않았다. 심야 고속버스를 타고 C시로 내려가 기숙사에서 자고, 여느 때처럼 출근했다. 민아는 공항의 출국 게이트 앞에서 마지막 전화를 걸어왔다. 그녀의 전화기는 몇 시간 뒤 일시정지된다고 했다. 그때쯤 그녀는 러시아근해 아니면 시베리아 대륙 한복판을 날아가고 있을 거였다.

"잘 다녀와."

사무실에 직원들이 많았기 때문에 준호는 목소리 볼륨을 한껏 줄인 채 말해야 했다.

"고마워."

"도착하는 대로 전화하고."

"응, 그럴게."

수화기 너머로 갑자기 부우우웅, 하는 소음이 들리더니 전화 감이 확 멀어졌다.

"민아야, 내 말 들려?"

"응. 들려."

"괜찮아?"

"응, 괜찮아. 걱정 말고 잘 지내."

준호가 보기에 민아의 가장 나쁜 습관은 어떤 순간에도 괜찮다고 말하는 거였다.

세계의 끝,

출국카드의 직업란에 회사원이라고 썼다가 지우고 쉼표 하나를 그려넣으면서도, 종아리를 쭉 펴기도 힘든 이코노미 클래스에서 열두 시간 동안 항공기 꼬리날개를 내다보면서도, 히스로 공항의 외국인 전용 입국심사대 맨 뒷줄에 서서도 그녀는 속으로 되뇌었다. 이게 원래 내 방식이야. 먼저 떠나는 것, 혼자 남겨지지 않는 것, 차라리 먼저 혼자가 되어버리는 것. 그럼에도, 그녀를 붙잡겠다는 어떤 거짓 제스처조차 취하지 않은 준호에 대한 섭섭함이 마음 한구석에 딱딱하게 응어리져 있었다.

왜 런던이야? 준호가 물었을 때 민아가 명확한 이유를 대지 못한 건 당연했다. 그때까지 결정된 것은 아무것도 없었으므로. 심지어 모든 것은 그녀가 그에게 '떠난다'는 표현을 입 밖에 내면서부터 비로소 시작되었는지도 몰랐다. 투명한 유리그릇에 담긴 한 덩이 밀가루 반죽처럼 막연하던 상상이, 스스로에게도 느닷없던 충동적인 발화를 통해 세상에 던져진 뒤 빠르게 구체적인 형상을 갖추어가는 모습을 민아는 얼마간의 두려움과 얼마간의 안도감으로 지켜봤다. 다행이다. 민아는 그렇게 생각하려고 애썼다. 말이 먼저 튀어나와주지 않았다면 어떤 것으로부터도 결코 벗어나지 못했을 테니까.

새로 시작한 생활은 분주했다. 영국에서의 첫 주는 바쁘다는 것보다 어수선하다는 표현이 더 어울리는 나날들이었다. 그녀는 한 번도 해보지 않았던 여러 경험들을 해야 했다. 히스로 공항에서 혼자 물어물어 목적지인 케임브리지셔 카운티행 버스를 타야 했으며, 서울에서 예약해둔 홈스테이가 어학원에서 너무 멀어 부랴부랴 집을 새로 알아봐야 했고, 어학원 초급자 코스의 과제는 대학 졸업 후 영어와 담쌓고 살아온 그녀가 간단히 해결하기엔 버거웠다. 그리고 자전거도 배워야 했다.

자전거를 타고 다니지 않으면 일상생활이 불가능하다는 걸 알고서 처음에 민아는 절망에 가까운 기분을 느꼈다. 자전거라니. 그녀는 미취학아동 시절 뒷바퀴 양옆으로 앙증맞은 보조바퀴가 달린 네발자전거를 탔던 이후로 자전거를 운전해본 적이 없었다. 대학 때, 당시의 남자친구와 엄청나게 싸우고 술에 취해 집에 들어오다 마당 한구석에 비스듬히 세워진 남동생의 자전거 안장에 올라타고 싶다는 충동에 휩싸인 적은 있다. 그러나 곧바로 중심잡기에 실패하곤 얼결에 미끄러져 넘어졌던 기억만 안 좋게 남아 있었다. 새로 자전거 타기를 배우는 데에 무엇보다 그 삼 초의 나쁜 기억이 강박처럼 작용했다. 틀림없이 또 그렇게 될 것이라는 두려움, 안장에 엉덩이를 얹고 페달을 굴리는 순간 땅바닥을 향해 고꾸라져버릴 것만 같은 공포가 그녀를 머뭇거리게 했다.

민아는 당연히, 중심잡기가 자전거 타기의 관건이라고 생각했다. 그러나 클래스메이트 클레아의 의견은 달랐다.

"가만히 서 있는 자전거 위에서 중심을 잡을 수 있는 사람은 없어. 중심잡기는 하나도 중요하지 않아. 일단 올라타. 그다음엔 어떻게든 앞으로 나아갈 생각만 하라고. 그러다보면 중심은 저절로 잡히기 마련이야."

이탈리아에 다섯 살짜리 아들을 두고 왔다는 싱글맘 클레아, 언제나 생글생글 웃으면서 밤마다 다양한 국적의 남자친구들과 번갈아 데이트를 하는 그녀의 충고는 옳았다. 어떻게든 앞으로 나아가겠다고 절박하게 이를 악물었더니 어느새 정말로 조금씩 조금씩 앞으로 나아갈 수 있게 되었다.

자전거 배우기의 과정이 얼마나 지난했는지 준호에게는 말하지 않았다. 오늘은 뭘 했어?라는 일상적인 질문을 던지는 준호에게 이렇게 답했을 따름이다.

"자전거 타고 슈퍼마켓 다녀왔어."

"많이 샀어?"

"아니. 여기 물가가 워낙 비싸잖아."

"어 그렇구나."

그는 더이상은 묻지 않았다. 그들은 잠시 침묵했다. 인터넷 전화선을 통해 들리는 그의 낮은 숨소리가 영국과 한국이라는 먼 거리를 실감하지 못하게 할 만큼 가까웠다. 둘 사이를 직접적으로 연결하는 끈이 이 전화뿐이라는 사실이 역설적으로 또렷이 다가왔다.

날이 갈수록 짧은 침묵의 순간이 견디기 어려워졌다. 준호는 민아의 집 주소나 학교 주소를 묻지 않았다. 그는 민아가 어학연수를 와 있는 곳이 케임브리지가 아니라 런던이라고 알고 있을지도 몰랐다. 전화를 할 때마다 민아는 혹시나 준호가 주소를 물어올까봐 두근두근했다. 내 입에서 케임브리지셔 카운티라는 지명이 나오면, 그가 왜 런던이 아니라 거기 있냐며 놀랄까? 자신을 속였다고 화를 낼까? 아니면 그저 무심히 들어넘길까? 부질없는 걱정이었다. 끝까지 그는 그녀의 주소를 궁금해하지 않았다. 하긴 서울이나 부천이나, 부산이나 마산이나, 수백만 킬로미터 떨어진 곳에 사는 사람에겐 구태여 변별해야 할 이유가 없을 것이다.

그녀의 일상은, 그곳이 아니라 이곳에 있었다. 그녀는 매일 늦지 않게 일어나 잉글리시브렉퍼스트 티와 시리얼로 간단히 아침을 먹고는 자전거를 타고 어학원으로 갔다. 세계 각국에서 온, 공통점이라곤 영어가 모국어가 아니라는 것밖에 없는 클래스메이트들과 둘러앉아 하루 여섯 시간씩 영어회화 공부를 했다. 저녁에는 어학원에서 사귄 친구들과 영화를 보러 가거나 펍에 맥주를 마시러 갔다. 일상은 아주 느리게 흘렀다. 가끔은 노천카페에 앉아 커피를 마시면서, 한없이 천천히 자전거 페달을 굴리며 지나가는 할머니들을 물끄러미 쳐다보기도 했다. 낡은 레인코트의 허리를 느슨히 조여 묶고 코트 자락을 바람에 휘날리며 곁을 스쳐가는 그녀들은 신생대 시대의 매머드 같았다. 맛없는 커피를 입안에 털어넣으면서 민아는 지금의 시간들이 앞으로의 삶에 어떤 실용적 의미가 될 것인가 같은 질문은 잠시 접어두기로 했다.

돈은 가급적 아껴 쓰려고 노력했다. 충동적인 쇼핑은 딱 한 번뿐이었다. 도착한 첫 달의 어느 주말, 다운타운을 지나다 작은 옷가게 쇼윈도에서 남성용 티셔츠를 보고 구입한 거였다. 맨투맨 티셔츠의 가슴팍에 카누의 노를 젓는 두 남자의 모습이 프린트되어 있었다. 그 옷을 보자마자 왜 그걸 입고 활짝 웃는 준호의 모습이 떠올랐을까. 적잖은 가격을 지불하고 부랴부랴 쇼핑백을 챙겨 가게를 빠져나오면서 그녀는 생각을 바꾸었다. 준호가 아니라 남동생에게 줄 선물이라고. 그후 여러 달이 흐르는 동안 초록색 비닐 쇼핑백에 감싸인 티셔츠는 그녀의 커다란 트렁크 맨 밑바닥에 무기력하게 잠들어 있었다.

준호와의 연락은 점점 뜸해져갔다. 공동계정의 이메일에 둘 다 아무것도 쓰지 않은 지가 오래되었다. 사흘에 한 번쯤, 생각날 때 이메일을 여는 순간마다 그에게서 메일이 도착해 있었으면 좋겠다는 바람과, 아무것도 오지 않았으면 좋겠다는 바람이 교차했다. 처음엔 일주일에 두어 번 하던 전화는 점차 열흘에 한 번꼴로 줄어들었다.

계절은 느릿느릿 몸을 바꾸었고, 바뀐 계절에도 어김없이 비가 자주 내렸다. 열 달의 어학연수 기간이 끝나고, 어학원에서 장기임대해준 자전거를 반납하고 오는 길에도 부슬부슬 비가 내렸다. 가방 안에 우비가 있었지만 꺼내 입지 않았다. 그 작은 도시에서 보낸 세 계절은, 이 정도 빗방울쯤은 호들갑 떨며 피하지 않는 삶도 있다는 것을 그녀에게 가르쳐주었다. 그녀는 샛노란 낙엽으로 뒤덮인 길을 운동화 바닥으로 꼭꼭 눌러 밟으며 걸었다. 혼자 걸었다. 혼자 짐을 쌌다. 짐을 줄일 만큼 줄였다고 믿었는데 집에서 가져온 트렁크가 닫히지 않았다. 아끼느라 몇 번 입지 않은 단풍색 트렌치코트를 클레아에게 선물했다. 그녀가 여기 가지고 온 것 중에 가장 비싼 옷, 클레아가 평소 예쁘다고 감탄하던 옷, 서울에서 마지막으로 준호와 만나던 날 입었던 옷이었다. 민아의 코트를 걸친 클레아가 거울 앞에서 장난스럽게 빙그르르 돌았다.

"참 잘 어울려. 나보다 훨씬."

옷에도 운명이라는 게 있을 터였다. 이 세상의 다른 모든 만물과 마찬가지로. 붉은 코트는 이제 클레아와 함께 나풀나풀 아주 먼 곳까지 날아갈 것이다.

준호에게 전화를 할까도 했지만 수화기를 들기가 망설여졌다. 대신 오랜만에 이메일을 쓰기로 했다. 이것이 케임브리지에서 보내는 마지막 편지겠다. 이제 우리의 다음번 전언은 얼마만큼의 거리에서일까. 그녀는 궁금해졌다.

'잘 지내고 있지?'

방금 제가 만든 물음표가 어리둥절한 듯 둥글게 휘어져 있었다. 그 구부정한 등허리를 민아는 새삼 의아해하며 들여다보았다. 그런데 그는 이 이메일 계정을 열어보기나 할까?

'잘 지내고 있지?'로 시작하는 민아의 이메일은 명료하고 간결했다. '겨우 열 달 지냈을 뿐인데 정리하고 갈 게 많네. 지난번 얘기한 대로 한 2주가량 여행 다니게 될 것 같아. 일단 프랑스로 가. 배를 타고 도버해협을 건너려고. 서울엔 28일 도착 예정. 뭐 필요한 거 있음 말해주고.'

도버해협이라니. 그녀가 얼마나 먼 거리에 있는지가 실감났다. 그는 사무실 책상 위의 탁상 달력을 집어들었다. 28일은 일요일이었다. 그녀가 영원히 안 돌아올지도 모른다는 은밀한 예감은 틀렸다. 준호는 먼저 물 한 모금으로 목을 축이고 답장

버튼을 눌렀다. 커서가 껌벅였다. 백지 같은 모니터 화면을 한동안 바라보았다. 그는 뭐라고 쓰고 싶었던가. 일요일이니 공항에 나갈게. 그것이 민아가 원하는 정답일까. 확신이 서지 않았다. 그녀가 귀국하는 날까지 보름 남짓 남아 있었다. 보름은 전혀 모르던 두 남녀가 몸부림치는 사랑의 환희 속에서 서로가 서로의 운명임을 확인하고도 남을 시간이고, 한때 열렬히 사랑한 적 있던 두 남녀가 처음부터 타인이었던 것처럼 냉담해지고도 남을 시간이었다.

민아가 떠나 있는 동안 준호의 생활에는 극적인 변화랄 게 없었다. 파견 근무를 끝내고 회사에 복귀했으며, 사무실에선 올해 체육대회 때 단체로 맞춘 자주색 후드티를 자주 입었다. 회식 메뉴는 여전히 삼겹살에 소주였고, 단란주점에 가면 상사들 눈치를 보느라 1990년대 댄스가요를 주로 불렀다. 요즘 나오는 신곡들은 어차피 잘 알지도 못했다.

술에 아주 많이 취한 어떤 밤엔 박진영의 발라드를 부르다 괜스레 코끝이 찡해지기도 했다. 〈너의 뒤에서〉라는 곡이었다. 너에겐 너무 모자란 나란 걸 알고 있기 때문에 지금 떠나는 널 나는 잡을 수 없는 거야, 넌 이제 떠나지만 너의 뒤에 서 있을 거야. 그 가사의 어느 부분에서 감정이 울컥 치솟았는지 다음날 아침에는 기억나지 않았다. 동료 하나가 지나가는 말처럼

"준호씨, 애인이랑 완전히 끝났나보다?"라고 물어와 머쓱하게 뒷머리를 긁었을 뿐이다.

준호가 마침내 키보드 위에 손가락을 얹은 순간, 전화기의 문자메시지 알림음이 울렸다.

'헥헥. 오늘 오전 무지 바쁘네. 선배 퇴근 후 별일 없으면 맥주나 한잔?♡'

지애였다. 저절로 빙그레 미소가 지어졌다. '헥헥'이라고 만화 주인공처럼 숨찬 소리를 내는 지애의 음성이 귓가에 들리는 것 같아서였다. 지애는 이번에도 물음표 뒤에 하트 표시를 넣어 보냈다. 일종의 습관이었다. 단순한 안부를 묻는 문자에도 그녀는 곧잘 그렇게 했다. 처음에는 그 하트를 받고서 얼마나 당황했는지 모른다. 캠퍼스에서 겨우 눈인사 정도만 나누던 동아리 후배 지애를 회사 근처의 밥집에서 몇 해 만에 마주쳤을 때도 그처럼 놀라지는 않았었다.

지애는 대학 전공이던 도자기 공예와는 전혀 관련 없는 설탕 수입업체에 근무한다고 했다. 특별한 이유라도 있느냐고 묻자 "재밌잖아요. 아무 연고도 없으니까"라고 대답하며 입술을 쫑긋거렸다. 준호는 민아의 얼굴을 떠올렸다. 민아도 이런 마음이었을까. 아무런 연고도 없는 곳, 아무도 모르는 곳에서 그녀는 무엇을 새로 시작하고 싶었던 것일까. 아니면 무엇을 끝내고 싶었던 것일까.

"알 것 같아요."

어학연수를 떠난 여자친구와 연락이 점점 뜸해지고 있다고 얘기하던 날, 지애는 입술에 묻은 카푸치노의 거품을 혀로 핥으며 종알거렸다.

"원래 그런 사람들 있어요. 관계가 끝난 걸 빤히 알면서도 모르는 척. 끝까지 자기가 악역을 맡기 싫은 거예요. 미적미적, 상대방이 알아서 정리하기를 바라는 거죠."

"누구? 내 얘기야? 아니면 그쪽 얘기야?"

"그야 저도 모르죠. 아마 둘 다가 아닐까. 너무 착한 사람들끼리 만난 거 아니에요? 흐흐."

악의 없는 웃음에 그만 준호도 따라 웃었다. 왜 그녀만 만나면 민아 이야기를 시시콜콜 털어놓게 되는지 참 이상한 일이었다. 민아에 대해 전혀 모르는 사람이기 때문에 그럴 거라고, 다른 뜻은 없다고 그는 애써 생각의 방향을 정리했다.

"선배. 제가 오래 사귄 남자친구랑 왜 헤어졌는지 아세요? 어느 날 커피숍에 갔는데 남자친구가 글쎄 내 몫으로 휘핑크림 잔뜩 얹은 카페모카를 들고 오는 거예요. 내가 항상 카푸치노만 마시는 걸 삼 년 내내 봐놓고선."

"왜 그랬을까?"

“모르죠. 갑자기 잊었거나, 아니면 카푸치노만 고집하는 내가 참을 수 없이 지겨워졌거나.”

“그렇구나.”

“그리고 며칠 후에 헤어졌어요.”

“……”

“까짓 거, 선배가 먼저 질러버려요. 우선 자기 자신한테 솔직하게 물어보고요. 내가 아직도 그 여자를 사랑하나? 없으면 안 되나?”

준호는 아무 대답도 하지 못했다.

“아 답답해. 아무튼 내 연애 스타일은 아니에요. 뜨뜻미지근하고 지루하게, 뭐야 이게. 전 연애든 뭐든 솔직하지 못하고 슬슬 피하는 게 제일 나쁘다고 봐요.”

지애의 충고는 옳다. 언제인가부터 민아라는 존재가 기억 회로에 떠오르는 순간, 그는 텔레비전을 켜거나 담배를 꺼내 물거나 양치질을 하곤 했다. 두려움 탓이었다. 제 손으로 차갑고 이성적인 판단을 내리게 되기 전에, 모든 상황이 저절로 스르르 해결되어 있기만을 바랐다.

다만 민아에게 묻고 싶은 것이 한 가지 있었다. 왜 떠났는지는 아니었다. 떠날 때 왜 이별을 고하지 않았는가, 였다. 평생 그는 ‘왜?’라는 질문에 사로잡혀 살아왔다. 아버지는 왜 떠났을까? 어머니는 왜 떠나지 않았을까? 부모의 일임에도 왜 나는 아무렇지 않은 표정으로 그 이야기를 하지 못할까? 그리고 또 궁금한 게 있었다. 그럼에도 나는 왜 지금까지 가족을 벗어나지 못하는가?

민아를 원망하는 것은 아니었다. 하지만 이해해주기를 바랐다. 욕심인 줄 알면서도 그랬다. 사랑하는 사람에게 가장 누추한 방을 들키고 말았을 때 오래 부끄러워했을 연인의 마음자리, 그 한복판에 새겨진 흉터를 먼저 헤아려줄 수는 없었을까. 그러지 못했다면 혹시 사랑이 아니었던 것은 아닐까. 그렇지만 그 질문은 영원토록 봉인될 것이다. 과거의 여자를 향해 "나를 사랑하긴 했니?"라고 내뱉는 어른은 없을 테니까. 그도 더이상 소년은 아니었다.

그의 손가락은 아직 키보드 위에서 멈칫거리는 중이었다. 그는 조용히 메일 창을 닫았다. 휴대전화를 집어들고 지애에게 문자메시지를 보냈다.

'한잔 좋지. 이따 보자.'

우리라는 말도, 하트 그림도 넣지 않았다. 그는 또다시 도망쳤고, 민아에게 보내는 답장은 무기한 유보되었다.

"그들은 각자 저녁 여덟시에 대해 생각했다"

완벽한 착륙

완벽한 착륙

그들의 사랑이 지금 고갈되어가고 있다 해서 사랑한 적이 없었다는 뜻은 아니다. 그들의 사랑이 비극적 파국에 이르렀다는 뜻도 아니다. 이곳은 보기보다 냉정하고 이성적인 세계였다. 치정 때문에 죽고 죽이는 고대 희랍식 드라마는 자주 일어나지 않으며, 드라마 퀸이 되기를 열망한다고 해서 아무한테나 그런 역할이 주어지는 것도 아니다.

이별과 맞닥뜨릴 때마다 '죽고 싶어'라고 말하는 사람은 많지만 실제로 목숨을 끊으려고 시도하는 이는 드물었다. 물론 비련의 사랑을 애꿎은 생명으로 되찾으려드는 무모한 젊은이도 없지는 않았지만 목적을 이룬 숫자는 매우 미미했다. 눈물은 오래지 않아 마를 것이고 그들은 머지않아 새로운 사랑을 시작할 것이다. 다시 사소하게 꿈꾸고 사소하게 절망하고 사소하게 후회하기를 반복하다보면 청춘은 저물어갔다. 세상은 그것을 보편적인 연애라고 불렀다. 대개의 보편적 서사가 그러하듯이 단순하고 질서정연해서 누군가에겐 아름답게, 누군가에겐 참을 수 없이 지루하게 여겨졌다.

"어디서 볼까?"

민아의 질문에 준호는 한동안 대답이 없었다. 민아는 자신이 싫어하는 준호의 성격이 바로 이런 면이라는 것을 새삼 깨달았다.

“내가 갈게. 그쪽으로.”

“그럴래?”

“몇 시가 괜찮니?”

준호가 진심으로 묻고 있었다. 민아는 본능적으로 거리감을 느꼈다. 고작 시간 약속을 정하는 데에 진심을 다하다니. 그 아래 감춰진 것은 정중함이었고, 그것으로 말미암아 생겨난 거리가 그녀를 쓸쓸하게 했다.

“글쎄, 일곱시 반이나 여덟시쯤.”

“그럼 여덟시에 보자.”

“응.”

민아의 대답 소리가 작았다. 자신이 더 늦은 시간을 택했다는 것을 그 순간 준호는 민감하게 의식했다. 그들은 각자 저녁 여덟시에 대해 생각했다. 여덟시. 자정까지 네 시간 남은 시각. 저녁이라기엔 늦고 밤이라기엔 이르다. 경탄 속에서 서로의 몸을 껴안고 보낸 여덟시들이 있었다. 창밖이 얼마나 깊고 푸른 어둠 속에 잠겨가는지 따위는 염두에 둘 겨를이 없던 그때. 몰입만이 전부였던 때. 이제는 아득하기만 했다.

그는 천천히 옷장을 열었다. 그녀를 처음 만나러 가던 날 얼떨결에 사 입었던 초록색 카디건을 찾아보고 싶었다. 카디건은 서랍 속에 얌전히 개켜져 있었다. 좀약과 라벤더 세제향이 뒤섞인 냄새가 옷감에서 희미하게 배어났다. 오늘 이 옷을 꺼내 입는다면 그녀는 어떤 반응을 보일까. 그런 실없는 장난이 어색한 분위기를 타개해주리라라는 무데뽀식 배짱을 가지고 태어났다면 좋았을걸. 그는 픽 웃으며 자조했다.

비슷한 시간, 민아는 샤워기를 들고 한참을 서 있었다. 그녀가 한국에 없는 동안 식구들은 큼지막한 덕용 용기에 담긴 보급형 비듬 전문 샴푸를 사용하고 있었다. 집에 돌아온 뒤 머리를 감을 때마다 낭패감을 맛본 것이 벌써 몇 차례인데도, 샤워기를 들기 직전까지는 새 샴푸를 사야 한다는 사실을 까맣게 잊어버리곤 했다. 슈퍼마켓이나 화장품 가게 앞을 지나칠 때도 마찬가지였다. 오늘은 다른 때와 달랐다. 사십대 중반의 중년 가장에게나 어울릴 냄새를 풍기면서 준호를 만나고 싶진 않았다. 그녀는 조금 일찍 집을 나서 미용실에 들렀다. 미용사는 예전과 다름없이 누릿한 염색약이 덕지덕지 묻은 앞치마 차림이었다.

"오랜만에 오셨다. 오늘 어디 좋은 데 가시나봐요?"

"……네."

"데이트?"

그녀는 희미하게 미소 지었다.

"내가 겪어보니까 이러니저러니 해도 남자는 역시 자상하고

다정한 남자가 최고예요. 지 혼자 속으로 진국이면 뭐해. 표현
안 하면 그걸 누가 아나.”

미용사가 언젠가 했던 것과는 다른 이야기를 했다. 그녀는 웃
지도, 찌푸리지도 않았다. 사람은 끊임없이 변하는 존재였다.

민아가 약속 장소에 먼저 도착했다. 이층으로 된 커피숍이
었다. 그녀는 제 몫의 커피를 주문하곤 커피가 나오기를 기다
려 이층 계단을 올랐다. 의도한 바는 아니었지만 미리 계산하
는 곳에 오기를 잘했다 싶었다. 헤어지는 순간 준호가 계산대
에 서서 신용카드의 승인절차를 기다리는 것을 몇 발짝 물러
서서 멀뚱히 지켜보고 싶지는 않으니까.

이층은 시끄러웠다. 가수를 알 수 없는 댄스음악이 울려 퍼
지는 매장 안에 사람들이 가득 차 있었다. 민아는 간신히 자
리를 잡고 앉았다. 동그란 테이블과 두 개의 의자. 직사각형
손잡이의 커피잔. 심장이 조금 빠르게 뛰기 시작했다. 그녀는
커다랗게 심호흡했다. 이층 계단을 올라오는 준호의 모습이 보
였다. 그녀는 저도 모르게 손을 번쩍 들었다. 잘 포장해 쇼핑
백에 넣어둔 선물, 노 젓는 남자가 그려진 티셔츠를 집에 두고
왔다는 데에 비로소 생각이 미쳤다.

“어머 안 가지고 왔네!”

민아의 첫마디에 준호는 당황했다.

"미쳤나봐. 조금만 기다릴래? 얼른 가져올게."

준호가 만류했다.

"아니야. 뭘 그렇게까지 해. 다음에 줘."

'다음'이라는 단어가 그들의 가슴에 와 박혔다.

"그러면, 알았어."

민아가 서둘러 수긍함으로써, 그들의 날카로웠던 '다음'은 다음에 밥 한번 먹자의 뉘앙스처럼 두루뭉술한 국면으로 전환되었다. 민아가 가방을 뒤져 무언가를 꺼냈다.

"비행기에서 산 거야."

하와이안 마카다미아 초콜릿 상자였다.

띄엄띄엄 일상적인 이야기들이 오갔다.

"도영씨는 결혼했고?"

"아니."

"정말?"

"너 영국 가고 나서 바로 헤어졌어. 요즘엔 딴 아가씨 만나는 거 같더라."

"어쩐지."

시시한 공범자들처럼 그들은 함께 조그맣게 웃었다. 민아가 별안간 물었다.

"그럼 자기는? 자기는 아무도 안 만나고?"

준호는 한쪽 입꼬리를 슬쩍 올리며 재미있는 조크를 들었다는 표정을 지으려 했다. 하지만 머릿속이 뒤엉켰다. 그녀가 저렇게 묻는 저의를 알 수 없었다. 섬광처럼 지애의 얼굴이 떠올랐다 사라진 사실도 부인할 수 없었다.

"그러는 너는? 넌 런던에서 누구 만났어?"

유치한 줄 알면서도 그는 역공의 방식을 취했다. 민아는 맥이 탁 풀리는 느낌이었다. '런던에서 누구를 만났느냐'는 준호의 언술은 전제부터가 잘못되었다. 그녀는 런던이 아니라 케임브리지에 머물렀기 때문이다. 나오는 대로 툭 던진 제 질문이 어리석었다고 민아는 자책했다. 그들은 일부일처의 혼인제도에 소속되지 않은 관계였다. 물론 일부일처제를 기반으로 한 사회에서 연인 사이가 된다는 건 상대방과 일부일처를 모방한 배타적 관계를 맺겠다는 무언의 약속에 동의한 결과임이 분명했다. 그렇지만 어디까지나 흉내일 뿐이다. 서로의 사랑을 보증금처럼 걸었지만, 어떤 공식 서류에도 자필서명하지 않았고 어떤 사유재산도 공유하지 않았으므로 그들은 결국 타인에 불과했다. 달리 말하면, 자유인이었다. 개인적 책임감과 상호신뢰 따위의 보험신탁회사의 경영이념 비슷한 소리를 들먹이는 것 말고는 상대의 배신을 추궁할 어떤 권리도 없었다.

“됐어. 그만두자.”

민아는 무력하게 중얼거렸다.

“그래.”

준호가 맞받았다. 승산 없는 게임에서 어떻게든 먼저 백기를 들 궁리를 한다는 점에서 둘은 여지없이 닮은꼴이었다. 일단 대답은 했지만 준호는 혼란스러워지기 시작했다. 그만두자는 그녀의 제안은 과연 무엇에 대한 것일까. 지금의 이 맥 빠진 논쟁에 국한된 말인가, 아니면 이미 오래전에 쇠락해버린 그들의 근본적인 관계 자체를 포괄하는 의미인가.

왁자한 소음 속에서 그들은 정적에 빠져들었다. 둘만의 정적이 아니라, 각자의 개별적인 정적이었다. 토요일 밤이 흔들리며 깊어갔다.

“일어날까.”

준호가 먼저 제안해준 데 대해 민아는 조금은 섭섭하고 조금은 후련했으며 많이 고마웠다. 마침내 그들은 자리에서 일어섰다. 이별에 대한 구체적이고 세부적인 합의는 없었다. 이혼을 앞둔 부부가 아닌 다음에야 이별 합의서에 서명하는 연인은 존재하지 않는다. 실패한 연인에겐 나눌 것은커녕 남아 있는 것도 거의 없기 때문이다. 그들이 무언으로 동의한 부분은, 더 오래 같이 있으면 아무도 행복해지지 않는다는 것뿐이었다.

아무도 치명적인 상처를 입지 않은 것처럼 행동했다. 그들은 사랑을 지속하는 데에 실패했으나 어쨌거나 이별을 위한 연착륙에는 실패하지 않았음을 알아야 했다. 비행기 동체도 부서지지 않았고 크게 다친 사람도 없다고, 그렇게 믿어야 했다. 그렇다면 목적지에 다다르지 못했대도 충분히 의미 있는 비행이었다는 것도. 한때 뜨거웠던 열정이 느린 속도로 사그라져가는 것을 함께 지켜보았다는 측면에서 그들은 고장난 조종간을 끝까지 지킨 기장과 부기장처럼 서로에게 동지애 비슷한 감정을 느끼고 있는지도 몰랐다.

이준호라는 이름이 박민아의 다섯번째 남자친구로 기록될지 아니면 그 너머의 무엇이 될지 지금으로서는 아무것도 분명치 않았다. 여러 해가 지난 후 박민아라는 이름을 이준호가 어떻게 기억하게 될 것인지도. 준호 앞에서 울지 않겠다고 다짐했었는데, 민아의 눈시울이 어느새 젖어왔다. 이 눈물이 이별 때문인지 준호 때문인지 아니면 다시 혼자가 될 자신 때문인지는 알 수 없었다. 민아는 두 눈에 꽉 힘을 주고서 눈물을 참았다.

준호는 눈물이 나지는 않았다. 대신 담배 한 모금을 빨고 싶다는 갈급한 욕구에 시달리고 있었다. 그렇지만 지금이 아닌 열흘쯤 뒤, 홀로 술잔을 기울이다 만취한 밤에 문득 울게 될 것이므로, 결국엔 민아와 마찬가지였다.

둘은 거리로 나왔다. 준호의 손에는 초콜릿 상자가 있었고, 민아의 손에는 아무것도 들려 있지 않았다. 헤어지는 연인의 집이 같은 동네에 있다는 것은 잔인한 농담이다. 준호는 "회사에 다시 들어가봐야 해. 중요한 걸 놓고 와서"라고 말했다. 급조한 거짓말임을 알면서도 그녀는 고개를 끄덕였다.
"집까지 데려다줄까?"
"아니. 바쁠 텐데 뭘. 그냥 천천히 걸어갈게."
"그럴래?"
"응. 건너가서 버스 탈 거지?"
"응."
갈림길에서 그들은 멈춰 섰다.
"그럼 가."
"응, 갈게."
다른 곳에서 발생해 잠시 겹쳐졌던 두 개의 포물선은 이제 다시 제각각의 완만한 곡선을 그려갈 것이다. 그렇다고, 허공에서 포개졌던 한순간이 기적이 아니었다고는 말할 수 없으리라.
"안녕."

준호의 목소리가 밤하늘에 펑펑하게 울려 퍼졌다. 그 인사는 민아에게가 아니라 이 세상 전체에 대고 하는 방백처럼 들렸다. 민아도 조그맣게 읊조렸다.

"응, 안녕."

처음 만난 순간에도 헤어지는 순간에도 사람들은 '안녕'이라고 말한다는 것을 그들은 불현듯 깨달았다. 각자의 길을 향해 뒤돌아서, 서로의 뒤통수 반대 방향으로 한 발짝 내디딘 것과 거의 동시였다. 그것은 불완전한 인간들끼리 나눌 수 있는, 아마도 가장 완벽한 작별인사였다.

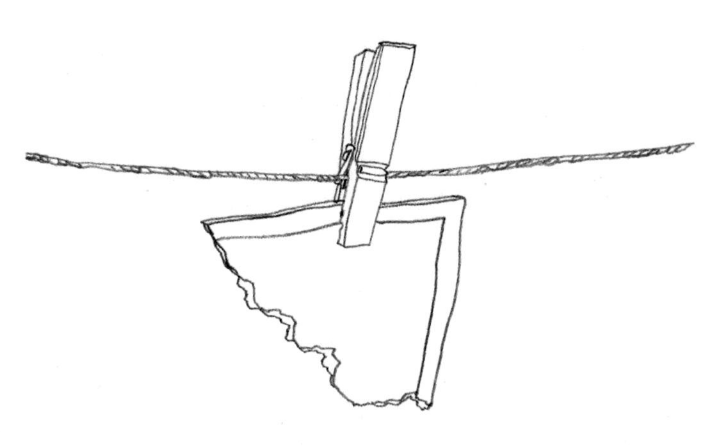

사랑의 기초_연인들
ⓒ 정이현 2012

1판 1쇄 2012년 5월 9일
1판 6쇄 2012년 12월 28일
2판 1쇄 2013년 9월 24일
2판 5쇄 2018년 11월 13일

지은이 정이현
펴낸이 염현숙
책임편집 김필균 | 편집 김민정 강윤정 김형균 유성원
마케팅 정민호 박보람 나해진 우상욱 | 홍보 김희숙 김상만 이천희
제작 강신은 김동욱 임현식 | 제작처 영신사(인쇄) 경일제책(제본)

펴낸곳 (주)문학동네
출판등록 1993년 10월 22일 제406-2003-000045호
주소 10881 경기도 파주시 회동길 210
전자우편 editor@munhak.com | 대표전화 031) 955-8888 | 팩스 031) 955-8855
문의전화 031) 955-3576(마케팅) 031) 955-2678(편집)
문학동네카페 http://cafe.naver.com/mhdn

ISBN 978-89-546-2226-4 04810
      978-89-546-2225-7 (세트)
* 이 책의 판권은 지은이와 문학동네에 있습니다.
  이 책 내용의 전부 또는 일부를 재사용하려면 반드시 양측의 서면 동의를 받아야 합니다.
* 이 도서의 국립중앙도서관 출판예정도서목록(CIP)은 서지정보유통지원시스템 홈페이지
  (http://seoji.nl.go.kr)와 국가자료공동목록시스템(http://www.nl.go.kr/kolisnet)에서
  이용하실 수 있습니다. (CIP 제어번호 : CIP2013015465)

www.munhak.com